시 죽어라
외웠더니

가 살아왔다

죽어라 외웠더니 시가 살아왔다

초판 1쇄 발행	2024년 6월 1일
지은이	황지우 곽재구 정호승 도종환 윤동주 백석 외
발행인	박정수
도서기획	김행필
표지디자인	비쥬얼로그
본문디자인	비쥬얼로그
주소	경기도 고양시 덕양구 삼원로 73, 821호(고양 원흥 한일윈스타 지식산업센터)
발행처	(주) 학문아카이브 임프린트 휴로그(HUELOG)
출판등록	2024년 4월 19일 제 395-2024-000082 호

휴로그(HUELOG)는 (주)학문아카이브의 임프린트입니다.

ISBN 979-11-987651-0-9 03800

머리말

    우리는 일상생활 속에서 많은 시를 접하고 산다. 자주 듣고 좋아했던 노래가 詩였다는 사실을 알고 놀란 경험이 있을 것이다. 잠깐 들린 휴게실에서 혹은 지하철이나 버스를 기다리다가 우연히 눈앞에 걸려 있는 시 한 편을 보고 마음이 갈 때도 있다. 드라마나 영화에서 소개되어 시와 시인이 대중에게 큰 사랑을 받는 경우도 흔히 경험한다.

    시는 여러 번 반복해서 읽을수록 감동의 깊이가 다른 것 같다. 중·고등학교 때 읽었던 시가 우연히 읽었던 시보다 마음속 깊이 들어오는 것은 시 작품의 수준 때문만은 아니있을 것이다. 성적 때문에 읽긴 했지만 반복해서 읽고 집중해서 읽었던 것이 감동의 깊이를 더했을 것이다.

    시는 시인의 깊은 사고와 성찰에서 나온 정제된 언어이다. 그냥 넘치는 감정을 찰나의 번득임으로 지어진 시도 있겠지만 대부분은 사물의 세밀한 관찰이나 깊은 사고, 치열한 성찰에서 나온다. 그래서 시인은 조사 하나까지 허투루 사용하는 법이 없다. 나태주 시인은 시를 '시인 스스로 선택한 형벌', '시인이 선택한 가시면류관'이라고 했다. 시를 짓는데 시인들이 얼마나 온 정성을 다하는지 알 수 있는 말이다.

    시는 오감을 모두 이용해야 온전한 것이 된다. 시에는 내면에 음과 리듬이 있다. 시가 노래의 가사로 쓰여 대중들의 사랑을 받는 이유는 본질적으로 시에 음악적 요소가 있기 때문이다. 시는 그림처럼 이미지를 만들어 내기도 한다. '시중유화 화중유시(詩中有畵 畵中有詩)' 즉, "시 속에 그림이 있고, 그림 속에 시가 있다."는 뜻이다. 시의 이런 특성은 우리가 주변에서 '시화전', '시그림'의 이름으로 전시회가 열리는 것만 봐도 알 수 있다. 시는 또한 사물의 이치나 의미를 창조하는 철학이기도 하다. 철학은 세계에 대한 관념인데 시인의 눈에 비추는 세계관이 곧 시이기도 하기 때문이다. 이처럼 시는 노래이고 그림이며 철학이기도 하다.

    사회생활을 하다 보면 회식이나 뒤풀이 장소에서 마이크를 받아 어쩔 수 없이 한마디라도 해야 하는 상황을 맞이하는 때가 종종 있다. 노래라도 한 곡 부를 수 있다면 분위기를 올리는데 그만이겠지만 요즘은 이런 자리에서 노래를 부르기는 쉽지 않다. 예전에는 가사를 외워서 부르는 경우가 많았지만, 지금은 노래반주기나 핸드폰 도움 없이는 가사를 몰라 한 곡도 부르지 못하는 경우가 대부분이다. 그래서 가사를 암기해서 반주 없이 부르는 것만으로도 주목을 받기도 한다. 이럴 때 노래 대신에 자신이 좋아하는 시 한 편을 암기해서 낭송한다면 어떨까? 흔한 일은 아닐 것이고 큰 관심과 주목을 받기에 충분할 것이다. 계기가 무엇이든 시를 암송하기 위해 자주 읽다 보면 온전히 시 읽는 즐거움을 느끼게 되는 행운을 얻을 것이다.

시를 암송하기 위해 필사를 해보기도 하고 메모를 해서 암기하기도 한다. 실제로 시를 암기해 보면 여간 귀찮고 어려운 일이 아니다. 첫 시도가 중요한데 그 첫 시도가 잘되지 않는다. 시를 암기하고자 하는 독자들에게 좀 더 수월하게 시 암기를 시도해 볼 수 있도록 워크북을 만들어보자. 시를 쉽게 암기할 수 있도록 가이드북을 만들자는 게 이 책을 기획한 의도이다. 이 워크북을 통해 시를 암기하는 시도를 해보게 하는것만으로도 충분한 가치가 있는 도서가 될 것이라 생각했다. 그리고 우리가 만든 워크북을 이용하여 시 암기 습관을 기르고 시 암송이 새로운 취미가 된다면 더욱더 좋은 일이다.

시를 암송하며 즐기는 사람들은 의외로 많다. 시 읽는 즐거움에서 시작하여 시를 암송하다가 시 낭송대회에 관심을 갖고 참여할 수 있다면 더욱더 좋은 일이 될 것이다. 시낭송은 단순한 암기가 아니라 다른 기술적인 요소들이 필요하지만 내가 암송한 시를 남에게 발표할 기회가 많다는 사실은 즐거운 일이다. 시낭송대회가 전국적으로 100여 개가 넘는다는 사실을 아는 사람은 많지 않다. 시낭송대회를 검색해 보면 거의 주말마다 대회가 있음을 알 수 있다. 유튜브로 검색하면 시낭송대회와 수상자들의 낭송시도 직접 들을 수 있다.

여기에 소개한 암송시 13편은 시 낭송가들이 가장 많이 낭송하는 시들 중에서 비교적 이해하기 쉬운 시를 선택했다. 각종 대회나 개인 방송을 통해서 낭송한 영상들을 쉽게 찾아볼 수 있는 시들이다. 인터넷에 있는 많은 동영상들도 잘 이용하시면 이 시 암송에 큰 도움이 될 것이다. 암송하고 싶은 시는 짧은 시도 있고 비교적 긴 시도 있을 것이다. 여기에서는 시를 암송했을 때 어느 정도 성취감을 느낄 수 있도록 비교적 분량이 있는 시를 선택했다. 어떤 시를 먼저 암송해도 상관없다. 가장 외우고 싶은 시를 먼저 외우면 된다. 우선 시를 이전보다 천천히 그리고 꼼꼼이 정성 들여 읽으면서 시 읽는 즐거움을 만들어 보자.

이 책의 목적은 시를 암송하면서 시를 내 몸에 체화시키는 경험을 갖고자 하는 것이다. 어떤 분은 시낭송대회 참여를 목적으로 시를 암송할 수도 있을 것이다. 우리가 바라는 것은 일상에서 시를 암송하며 즐기는 사람들이 많아지는 것이다. 이 책을 통해서 시가 노래처럼 일상적인 것이 되기를 희망해 본다.

목차

단 계 별 활 동 가-이-드

Step 01 작품 읽고 감상하기
시 읽는 속도에 변화를 주면서 반복해서 읽고 감상하는 활동입니다.

Step 02 필사하기
시를 한 글자 한 글자 꼼꼼이 쓰다 보면 시가 온몸에 새겨지는 경험을 하게 됩니다. 흘겨쓰지 말고 글씨체 교정하듯 서두르지 말고 꼼꼼하게 써봅시다. 필사는 시를 잘 이해하는 데 우선 도움이 됩니다. 둘째는 시를 빨리 암기할 수 있도록 도움을 줍니다. 셋째는 글쓰는 능력을 기를 수 있습니다. 많은 시인도 처음 시를 배울 때는 자신이 좋아하는 작가의 시를 필사했다고 합니다.

Step 03 시의 첫 음 순서 암기하기
행이나 연의 첫 글자를 활용하여 이야기를 만들어 보세요. 꼭 어법에 맞을 필요는 없으며 기억하기 좋은 이야기면 됩니다. 재미있고 쉽게 기억할 수 있는 자신만의 이야기를 만들어 보세요. 가장 좋은 방법은 시의 행이나 연의 첫 글자를 이용하여 본인이 직접 자신만의 스토리를 만들어 암기하는 것입니다.

Step 04 순서 정렬하기1
문장을 나누어 순서를 연결하면서 암기합니다.

Step 05 순서 정렬하기2
행의 순서를 알맞게 배열하면서 암기합니다.

Step 06 빈칸 넣기1
첫 글자와 주요 어휘 등을 빈칸에 채우는 활동입니다. 빈칸 채우기 활동은 시인의 입장에서 선택했을 어휘를 상상해 보는 새미도 있습니다.

Step 07 빈칸 넣기2
수식어나 서술어도 주의하여 암기하기 위해 빈칸에 채우는 활동입니다. 빈칸 채우기 활동은 시인의 입장에서 선택했을 어휘를 상상해 보는 재미도 있습니다.

Step 08 암기하면서 부분 필사하기
앞의 활동을 통해서 어느 정도 암기된 상태에서 필사합니다. 이전 스텝의 암기활동에서 틀렸던 것을 확인하면서 좀 더 정확하게 암기하는 데 도움을 줄 수 있습니다.

Step 09 한 줄씩 암기해서 쓰기1
한 줄씩 암기하여 쓰는 활동입니다.

Step 10 한 줄씩 암기해서 쓰기2
한 줄씩 암기하여 쓰는 활동입니다.

Step 11 시 완성하여 쓰기
첫 글자만 보고 시의 행 전체를 완성하여 쓰는 활동입니다.

Step 12 필사하기_암기확인
암기됐는지 최종적으로 확인해 보는 과정입니다.

Step 13 부록에 있는 암기카드를 활용하여 언제 어디서나 암기할 수 있습니다.

01

너를 기다리는 동안

황지우

『게 눈 속의 연꽃』 황지우, (문학과 지성사, 1991.04.01)

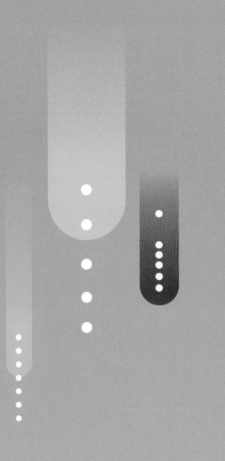

너를 기다리는 동안

— 황지우

1. 네가 오기로 한 그 자리에
2. 내가 미리 가 너를 기다리는 동안
3. 다가오는 모든 발자국은
4. 내 가슴에 쿵쿵거린다
5. 바스락거리는 나뭇잎 하나도 다 내게 온다
6. 기다려본 적이 있는 사람은 안다
7. 세상에서 기다리는 일처럼 가슴 애리는 일 있을까
8. 네가 오기로 한 그 자리, 내가 미리 와 있는 이곳에서
9. 문을 열고 들어오는 모든 사람이
10. 너였다가
11. 너였다가, 너일 것이었다가
12. 다시 문이 닫힌다

13. 사랑하는 이여
14. 오지 않는 너를 기다리며
15. 마침내 나는 너에게 간다
16. 아주 먼 데서 나는 너에게 가고
17. 아주 오랜 세월을 다하여 너는 지금 오고 있다
18. 아주 먼 데서 지금도 천천히 오고 있는 너를…
19. 너를 기다리는 동안 나도 가고 있다
20. 남들이 열고 들어오는 문을 통해
21. 내 가슴에 쿵쿵거리는 모든 발자국 따라
22. 너를 기다리는 동안 나는 너에게 가고 있다.

01

너를 기다리는 동안

시의 첫 음 순서 암기하기

시의 행이나 연의 첫 글자를 활용하여 이야기를 만들어 보세요. 꼭 어법에 맞을 필요는 없으며 기억하기 좋은 이야기면 됩니다. 재미있고 쉽게 기억할 수 있는 자신만의 이야기를 만들어 보세요. 가장 좋은 방법은 시의 행이나 연의 첫 글자를 이용하여 본인이 직접 자신만의 스토리를 만들어 암기하는 것입니다.

첫 글자

네 내 다 내 바 기 세 네 문 너 너 다 사 오 마 아 아 아 너 남 내 너

예시 **네**가 **내**가 **다** **내바**(퀴)기 돌고 **세네문** 지나면 **너**⁽²⁾(있)다

사오마 **아주**⁽³⁾ 너를 **남내**(나는) 너를

* 너⁽²⁾는 너, 너를 표기함   * 아주⁽³⁾은 아주, 아주, 아주를 표기함

● 예시글 혹은 본인이 만든 이야기를 생각하면서 첫 글자를 써보세요.

● 다음 행의 첫 글자를 보고 시를 암기해 보세요. 밑줄에는 핵심 단어 혹은 어구만 쓰세요.

네 _____	사 _____
내 _____	오 _____
다 _____	마 _____
내 _____	아 _____
바 _____	아 _____
기 _____	아 _____
세 _____	너 _____
네 _____	남 _____
문 _____	내 _____
너 _____	너 _____
너 _____	
다 _____	

● 다음 시의 어구에 맞는 말을 찾아 잇고 암송하시오.

네가 오기로 · · 너를 기다리는 동안

내가 미리 가 · · 모든 발자국은

다가오는 · · 쿵쿵거린다

내 가슴에 · · 하나도 다 내게 온다

바스락거리는 나뭇잎 · · 한 그 자리에

기다려본 적이 있는 · · 내가 미리 와 있는 이곳에서

세상에서 기다리는 · · 너일 것이었다가

네가 오기로 한 그자리, · · 닫힌다

문을 열고 · · 들어오는 모든 사람이

너였다가

너였다가, · · 사람은 안다

다시 문이 · · 일처럼 가슴 애리는 일 있을까

사랑하는 · · 나는 너에게 가고

오지 않는 · · 너는 지금 오고 있다

마침내 나는 · · 너를 기다리며

아주 먼 데서 · · 너에게 간다

아주 오랜 세월을 다하여 · · 이여

아주 먼 데서 지금도 · · 너에게 가고 있다.

너를 기다리는 동안 · · 나도 가고 있다

남들이 열고 · · 들어오는 문을 통해

내 가슴에 쿵쿵거리는 · · 모든 발자국 따라

너를 기다리는 동안 나는 · · 천천히 오고 있는 너를…

◦ (   )안에 순서대로 번호를 쓰고 읽어 보세요

(   ) 기다려본 적이 있는 사람은 안다

(   ) 내 가슴에 쿵쿵거린다

(   ) 내가 미리 가 너를 기다리는 동안

(   ) 너였다가

(   ) 너였다가, 너일 것이었다가

(   ) 네가 오기로 한 그 자리, 내가 미리 와 있는 이곳에서

(   ) 네가 오기로 한 그 자리에

(   ) 다가오는 모든 발자국은

(   ) 다시 문이 닫힌다

(   ) 문을 열고 들어오는 모든 사람이

(   ) 바스락거리는 나뭇잎 하나도 다 내게 온다

(   ) 세상에서 기다리는 일처럼 가슴 애리는 일 있을까

- -

(   ) 남들이 열고 들어오는 문을 통해

(   ) 내 가슴에 쿵쿵거리는 모든 발자국 따라

(   ) 너를 기다리는 동안 나는 너에게 가고 있다.

(   ) 너를 기다리는 동안 나도 가고 있다

(   ) 마침내 나는 너에게 간다

(   ) 사랑하는 이여

(   ) 아주 먼 데서 나는 너에게 가고

(   ) 아주 먼 데서 지금도 천천히 오고 있는 너를…

(   ) 아주 오랜 세월을 다하여 너는 지금 오고 있다

(   ) 오지 않는 너를 기다리며

1. 네 가 오기로 한 그 자 리 에

2. □ 가 미리 가 □ 를 기다리는 동안

3. □□□□ 모든 □□□ 은

4. □□□ 에 쿵쿵거린다

5. □□□ 거리는 □□□ 하나도 다 □ 게 온다

6. □□□□ 적이 있는 □□ 은 안다

7. □□ 에서 기다리는 □ 처럼 □□ 애리는 일 있을까

8. □□ 오기로 한 그 □□ , □ 가 미리 와 있는 이곳에서

9. □ 을 열고 들어오는 모든 □□ 이

10. □ 였다가

11. □ 였다가, □ 일 것이었다가

12. □ 시 □ 이 닫힌다

13. □□ 하는 이여

14. □□ 않는 □ 를 기다리며

15. □□□ 나는 너에게 간다

16. □□ 먼 데서 나는 너에게 가고

17. □□ 오랜 □□ 을 다하여 너는 지금 오고 있다

18. □□ 먼 데서 지금도 천천히 오고 있는 □ 를…

19. □ 를 기다리는 동안 나도 가고 있다

20. □ 들이 열고 들어오는 □ 을 통해

21. □□□ 에 쿵쿵거리는 모든 □□□ 따라

22. □ 를 기다리는 동안 나는 너에게 가고 있다.

1. 네가 오 기 로 한 그 자리에

2. 내가 ☐☐ 가 너를 ☐☐☐☐ 동안

3. ☐☐☐☐ 모든 발자국은

4. 내 가슴에 ☐☐ 거린다

5. ☐☐☐ 거리는 나뭇잎 하나도 다 내게 온다

6. 기다려본 적이 있는 사람은 안다

7. 세상에서 ☐☐☐☐ 일처럼 가슴 ☐☐☐ 일 있을까

8. 네가 ☐☐☐ 한 그 자리, 내가 ☐☐ 와 있는 이곳에서

9. 문을 열고 ☐☐☐☐ 모든 사람이

10. 너였다가

11. 너였다가, ☐☐ ☐☐☐☐☐

12. ☐☐ 문이 닫힌다

13. 사랑하는 이여

14. ☐☐ 않는 너를 ☐☐☐☐

15. ☐☐☐ 나는 너에게 간다

16. ☐☐ 먼 데서 ☐☐ 너에게 ☐☐

17. ☐☐ 오랜 세월을 ☐☐☐ 너는 ☐☐ 오고 있다

18. ☐☐ 먼 데서 ☐☐☐ 천천히 오고 있는 너를…

19. 너를 ☐☐☐☐☐ 동안 ☐☐ 가고 있다

20. 남들이 열고 ☐☐☐☐ 문을 통해

21. 내 가슴에 ☐☐☐☐☐ 모든 발자국 따라

22. 너를 ☐☐☐☐ 동안 나는 ☐☐☐ 가고 있다.

네가 오기로 한 그 자리에

내가 미리 가 너를 기다리는 동안

다가오는 모든 발자국은

내 가슴에 쿵쿵거린다

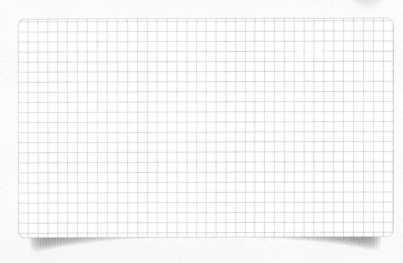

너를 기다리는 동안

바스락거리는 나뭇잎 하나도 다 내게 온다

기다려본 적이 있는 사람은 안다

세상에서 기다리는 일처럼 가슴 애리는 일 있을까

네가 오기로 한 그 자리, 내가 미리 와 있는 이곳에서

문을 열고 들어오는 모든 사람이

너였다가

너였다가, 너일 것이었다가

다시 문이 닫힌다

사랑하는 이여
오지 않는 너를 기다리며
마침내 나는 너에게 간다

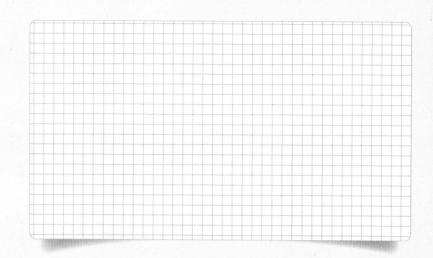

아주 먼 데서 나는 너에게 가고
아주 오랜 세월을 다하여 너는 지금 오고 있다
아주 먼 데서 지금도 천천히 오고 있는 너를…
너를 기다리는 동안 나도 가고 있다

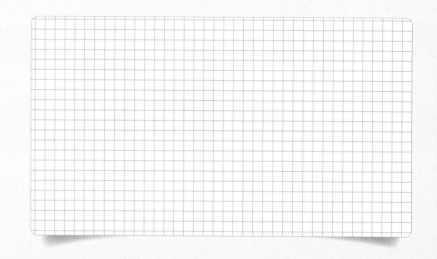

남들이 열고 들어오는 문을 통해
내 가슴에 쿵쿵거리는 모든 발자국 따라
너를 기다리는 동안 나는 너에게 가고 있다.

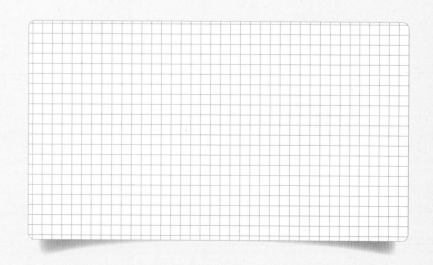

1. 네가 오기로 한 그 자리에
2. | 내 | 가 | | 미 | 리 | | 가 | | 너 | 를 | | 기 | 다 | 리 | 는 | | 동 | 안 | | | | | |
3. 다가오는 모든 발자국은
4. | | | | | | | | | | | | | | | | | | | | |
5. 바스락거리는 나뭇잎 하나도 다 내게 온다
6. | | | | | | | | | | | | | | | | | | | | |
7. 세상에서 기다리는 일처럼 가슴 애리는 일 있을까
8. | | | | | | | | | | | | | | | | | | | | |

01

| | | | | | | | | | | | | | | | | | | | |
9. 문을 열고 들어오는 모든 사람이
10. | | | | | | | | | | | | | | | | | | | | |
11. 너였다가, 너일 것이었다가
12. | | | | | | | | | | | | | | | | | | | | |
13. 사랑하는 이여
14. | | | | | | | | | | | | | | | | | | | | |
15. 마침내 나는 너에게 간다
16. | | | | | | | | | | | | | | | | | | | | |
17. 아주 오랜 세월을 다하여 너는 지금 오고 있다
18. | | | | | | | | | | | | | | | | | | | | |
19. 너를 기다리는 동안 나도 가고 있다.
20. | | | | | | | | | | | | | | | | | | | | |
21. 내 가슴에 쿵쿵거리는 모든 발자국을 따라
22. | | | | | | | | | | | | | | | | | | | | |

1. 네가 오기로 한 그 자리에

2. 내가 미리 가 너를 기다리는 동안

3.

4. 내 가슴에 쿵쿵거린다

5.

6. 기다려본 적이 있는 사람은 안다

7.

8. 네가 오기로 한 그 자리, 내가 미리 와 있는 이곳에서

9.

10. 너였다가

11.

12. 다시 문이 닫힌다

13.

14. 오지 않는 너를 기다리며

15.

16. 아주 먼 데서 나는 너에게 가고

17.

18. 아주 먼 데서 지금도 천천히 오고 있는 너를…

19.

20. 남들이 열고 들어오는 문을 통해

21.

22. 너를 기다리는 동안 나는 너에게 가고 있다.

1. 네가
2. 내가
3. 다가오는
4. 내　가슴에
5. 바스락거리는
6. 기다려본
7. 세상에서
8. 네가

9. 문을
10. 너였다가
11. 너였다가 ,
12. 다시

13. 사랑하는　이여
14. 오지
15. 마침내
16. 아주
17. 아주
18. 아주
19. 너를
20. 남들이
21. 내　가슴에
22. 너를

01

너를 기다리는 동안

02

사평역에서

곽재구

『사평역에서』 곽재구, (창작과 비평사, 2013.12.27)

사평역에서

― 곽재구

1. 막차는 좀처럼 오지 않았다
2. 대합실 밖에는 밤새 송이눈이 쌓이고
3. 흰 보라 수수꽃 눈시린 유리창마다
4. 톱밥난로가 지펴지고 있었다
5. 그믐처럼 몇은 졸고
6. 몇은 감기에 쿨럭이고
7. 그리웠던 순간들을 생각하며 나는
8. 한줌의 톱밥을 불빛 속에 던져 주었다
9. 내면 깊숙이 할 말들은 가득해도
10. 청색의 손바닥을 불빛 속에 적셔 두고
11. 모두들 아무 말도 하지 않았다
12. 산다는 것이 때론 술에 취한 듯
13. 한 두름의 굴비 한 광주리의 사과를
14. 만지작거리며 귀향하는 기분으로
15. 침묵해야 한다는 것을
16. 모두들 알고 있었다
17. 오래 앓은 기침 소리와
18. 쓴 약 같은 입술담배 연기 속에서
19. 싸륵싸륵 눈꽃은 쌓이고
20. 그래 지금은 모두들
21. 눈꽃의 화음에 귀를 적신다
22. 자정 넘으면
23. 낯설음도 뼈아픔도 다 설원인데
24. 단풍잎 같은 몇 잎의 차창을 달고
25. 밤열차는 또 어디로 흘러가는지
26. 그리웠던 순간들을 호명하며 나는
27. 한줌의 눈물을 불빛 속에 던져 주었다.

02

사평역에서

시의 첫 음 순서 암기하기

시의 행이나 연의 첫 글자를 활용하여 이야기를 만들어 보세요. 꼭 어법에 맞을 필요는 없으며 기억하기 좋은 이야기면 됩니다. 재미있고 쉽게 기억할 수 있는 자신만의 이야기를 만들어 보세요. 가장 좋은 방법은 시의 행이나 연의 첫 글자를 이용하여 본인이 직접 자신만의 스토리를 만들어 암기하는 것입니다.

첫 글자

막대흰톱 그몇그한 내청모산 한만침모 오쓴싸 그눈자낮 단밤그한

예시1 **막대흰톱**으로 만든 **그릇 몇**개 **그**윽한 **내청설모** 산에 **한 만**개의 **침**을 모았더니
오(쓴)싸늘한 **그 눈**자위와 **낮**빛이 **단밤그**릇 **한** 개에 담겼다.

예시2 **막대흰톱 그몇그한 내청설모**가 **산**에 **한 만개 침**을 **모**으니 **오쓴싸**늘한 **그눈(동)자 낮**에 **단밤그한**

○ 예시글 혹은 본인이 만든 이야기를 생각하면서 첫 글자를 써보세요.

○ 다음 행의 첫 글자를 보고 시를 암기해 보세요. 밑줄에는 핵심 단어 혹은 어구만 쓰세요.

막		모	
대		오	
흰		쓴	
톱		싸	
그		그	
몇		눈	
그		자	
한		낮	
내		단	
청		밤	
모		그	
산		한	
한			
만			
침			

◉ 다음 시의 어구에 맞는 말을 찾아 잇고 암송하시오.

막차는 좀처럼	· 눈시린 유리창마다
대합실 밖에는	· 밤새 송이눈이 쌓이고
흰 보라 수수꽃	· 오지 않았다
톱밥난로가	· 지펴지고 있었다
그믐처럼	· 감기에 쿨럭이고
몇은	· 몇은 졸고
그리웠던 순간들을	· 불빛 속에 던져 주었다
한줌의 톱밥을	· 생각하며 나는

내면 깊숙이	· 불빛 속에 적셔 두고
청색의 손바닥을	· 하지 않았다
모두들 아무 말도	· 할 말들은 가득해도
산다는 것이	· 귀향하는 기분으로
한 두름의 굴비	· 때론 술에 취한 듯
만지작거리며	· 알고 있었다
침묵해야	· 한 광주리의 사과를
모두들	· 한다는 것을

오래 앓은	· 귀를 적신다
쓴 약 같은	· 기침 소리와
싸륵싸륵	· 눈꽃은 쌓이고
그래	· 입술담배 연기 속에서
눈꽃의 화음에	· 지금은 모두들

자정	· 다 설원인데
낯설음도 뼈아픔도	· 넘으면
단풍잎 같은	· 또 어디로 흘러가는지
밤열차는	· 몇 잎의 차창을 달고
그리웠던 순간들을	· 불빛 속에 던져 주었다
한줌의 눈물을	· 호명하며 나는

02

사평역에서

◦ ( )안에 순서대로 번호를 쓰고 읽어 보세요

(   ) 그리웠던 순간들을 생각하며 나는

(   ) 그믐처럼 몇은 졸고

(   ) 대합실 밖에는 밤새 송이눈이 쌓이고

(   ) 막차는 좀처럼 오지 않았다

(   ) 몇은 감기에 쿨럭이고

(   ) 톱밥난로가 지펴지고 있었다

(   ) 한 줌의 톱밥을 불빛 속에 던져 주었다

(   ) 흰 보라 수수꽃 눈시린 유리창마다

(   ) 내면 깊숙이 할 말들은 가득해도

(   ) 만지작거리며 귀향하는 기분으로

(   ) 모두들 아무 말도 하지 않았다

(   ) 모두들 알고 있었다

(   ) 산다는 것이 때론 술에 취한 듯

(   ) 청색의 손바닥을 불빛 속에 적셔 두고

(   ) 침묵해야 한다는 것을

(   ) 한 두름의 굴비 한 광주리의 사과를

(   ) 그래 지금은 모두들

(   ) 그리웠던 순간들을 호명하며 나는

(   ) 낯설음도 뼈아픔도 다 설원인데

(   ) 눈꽃의 화음에 귀를 적신다

(   ) 단풍잎 같은 몇 잎의 차창을 달고

(   ) 밤열차는 또 어디로 흘러가는지

(   ) 싸륵싸륵 눈꽃은 쌓이고

(   ) 쓴 약 같은 입술담배 연기 속에서

(   ) 오래 앓은 기침 소리와

(   ) 자정 넘으면

(   ) 한줌의 눈물을 불빛 속에 던져 주었다.

1. 　막　　차　는 좀처럼 오지 않았다

2. 　□□□　밖에는 밤새 　□□□　이 쌓이고

3. 　□　보라 　□□□　눈시린 　□□□　마다

4. 　□□□□　가 지펴지고 있었다

5. 　□□　처럼 몇은 졸고

6. 　□□□　에 쿨럭이고

7. 　□□□□□□　들을 생각하며 나는

8. 　□　줌의 　□□　을 　□□　속에 던져 주었다

9. 　□□　깊숙이 할 말들은 가득해도

10. 　□□□□□□　을 　□□　속에 적셔 두고

11. 　□□□　아무 말도 하지 않았다

12. 　□□□　것이 때론 　□　에 취한 듯

13. 　□□□　의 　□□　한 　□□□　의 　□□　를

14. 　□□□　거리며 　□□　하는 　□□　으로

15. 　□□　해야 한다는 것을

16. 　□□□　알고 있었다

17. 　□□　앓은 　□□□□　와

18. 　□□　같은 　□□□□□　□　속에서

19. 　□□□□□　은 쌓이고

20. 　□□　지금은 모두들

21. 　□□　의 　□□　에 　□　를 적신다

22. 　□□　넘으면

23. 　□□□　도 　□□□　도 다 　□□　인데

24. 　□□□　같은 몇 잎의 　□□　을 달고

25. 　□□　는 또 어디로 흘러가는지

26. 　□□□□□　□□　들을 　□□　하며 나는

27. 　□　줌의 　□□　을 　□□　속에 던져 주었다.

1. 막차는 좀 처 럼 오 지 않았다

2. 대합실 밖에는 ☐☐ 송이눈이 ☐☐☐

3. 흰 ☐☐ 수수꽃 ☐☐☐ 유리창마다

4. 톱밥난로가 ☐☐☐☐ 있었다

5. 그믐처럼 ☐☐☐

6. 몇은 감기에 ☐☐☐☐

7. ☐☐☐☐ ☐☐☐☐ 생각하며 나는

8. 한줌의 톱밥을 불빛 속에 ☐☐ ☐☐☐

9. 내면 ☐☐☐ 할 말들은 ☐☐☐☐

10. 청색의 손바닥을 불빛 ☐☐☐ ☐☐☐☐

11. ☐☐☐ 아무 말도 하지 ☐☐☐

12. ☐☐☐ ☐ 이 ☐☐ 술에 취한 듯

13. ☐ ☐ ☐ 의 굴비 한 ☐☐☐☐ 사과를

14. ☐☐☐☐☐ 귀향하는 ☐☐☐☐

15. 침묵해야 ☐☐☐ ☐☐

16. 모두들 ☐☐ 있었다.

17. ☐☐ ☐ 기침 소리와

18. ☐ 약 같은 입술담배 연기 ☐☐☐

19. ☐☐☐☐ 눈꽃은 ☐☐☐

20. ☐☐☐☐☐ 모두들

21. 눈꽃의 화음에 귀를 ☐☐☐

22. 자정 ☐☐☐

23. 낯설음도 뼈아픔도 ☐ 설원인데

24. 단풍잎 ☐☐ 몇 잎의 차창을 ☐☐

25. 밤열차는 ☐☐☐☐☐ ☐☐☐☐

26. ☐☐☐☐☐ 순간들을 호명하며 ☐☐

27. 한줌의 눈물을 불빛 속에 ☐☐ 주었다.

막차는 좀처럼 오지 않았다
대합실 밖에는 밤새 송이눈이 쌓이고
흰 보라 수수꽃 눈시린 유리창마다
톱밥난로가 지펴지고 있었다

02
사평역에서

그믐처럼 몇은 졸고
몇은 감기에 쿨럭이고
그리웠던 순간들을 생각하며 나는
한줌의 톱밥을 불빛 속에 던져 주었다

내면 깊숙이 할 말들은 가득해도
청색의 손바닥을 불빛 속에 적셔 두고
모두들 아무 말도 하지 않았다

산다는 것이 때론 술에 취한 듯
한 두름의 굴비 한 광주리의 사과를
만지작거리며 귀향하는 기분으로
침묵해야 한다는 것을
모두들 알고 있었다

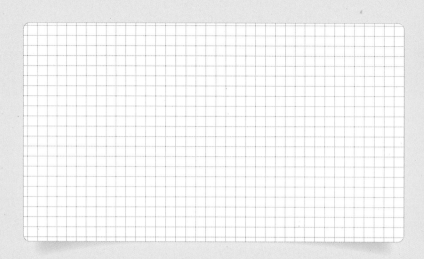

오래 앓은 기침 소리와
쓴 약 같은 입술담배 연기 속에서
싸륵싸륵 눈꽃은 쌓이고
그래 지금은 모두들
눈꽃의 화음에 귀를 적신다

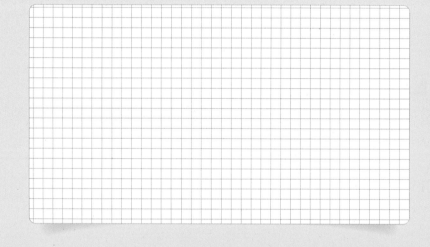

자정 넘으면
낯설음도 뼈아픔도 다 설원인데
단풍잎 같은 몇 잎의 차창을 달고
밤열차는 또 어디로 흘러가는지
그리웠던 순간들을 호명하며 나는
한줌의 눈물을 불빛 속에 던져 주었다.

1. 막차는 좀처럼 오지 않았다

2. | 대 | 합 | 실 | | 밖 | 에 | 는 | | 밤 | 새 | | 송 | 이 | 눈 | 이 | | 쌓 | 이 | 고 | | | |

3. 흰 보라 수수꽃 눈시린 유리창마다

4. | | | | | | | | | | | | | | | | | | | | | |

5. 그믐처럼 몇은 졸고

6. | | | | | | | | | | | | | | | | | | | | | |

7. 그리웠던 순간들을 생각하며 나는

8. | | | | | | | | | | | | | | | | | | | | | |

9. 내면 깊숙이 할 말들은 가득해도

10. | | | | | | | | | | | | | | | | | | | | | |

11. 모두들 아무 말도 하지 않았다.

12. | | | | | | | | | | | | | | | | | | | | | |

13. 한 두름의 굴비 한 광주리의 사과를

14. | | | | | | | | | | | | | | | | | | | | | |

15. 침묵해야 한다는 것을

16. | | | | | | | | | | | | | | | | | | | | | |

17. 오래 앓은 기침 소리와

18. | | | | | | | | | | | | | | | | | | | | | |

19. 싸륵싸륵 눈꽃은 쌓이고

20. | | | | | | | | | | | | | | | | | | | | | |

21. 눈꽃의 화음에 귀를 적신다.

22. | | | | | | | | | | | | | | | | | | | | | |

23. 낯설음도 뼈아픔도 다 설원인데

24. | | | | | | | | | | | | | | | | | | | | | |

25. 밤열차는 또 어디로 흘러가는지

26. | | | | | | | | | | | | | | | | | | | | | |

27. 한줌의 눈물을 불빛 속에 던져 주었다.

1. | 막 | 차 | 는 | | 좀 | 처 | 럼 | | 오 | 지 | | 않 | 았 | 다 | | | | | | |

2. 대합실 밖에는 밤새 송이눈이 쌓이고

3. | | | | | | | | | | | | | | | | | | | |

4. 톱밥난로가 지펴지고 있었다.

5. | | | | | | | | | | | | | | | | | | | |

6. 몇은 감기에 쿨럭이고

7. | | | | | | | | | | | | | | | | | | | |

8. 한줌의 톱밥을 불빛 속에 던져 주었다

9. | | | | | | | | | | | | | | | | | | | |

10. 청색의 손바닥을 불빛 속에 적셔 두고

11. | | | | | | | | | | | | | | | | | | | |

12. 산다는 것이 때론 술에 취한 듯

13. | | | | | | | | | | | | | | | | | | | |

14. 만지작거리며 귀향하는 기분으로

15. | | | | | | | | | | | | | | | | | | | |

16. 모두들 알고 있었다.

17. | | | | | | | | | | | | | | | | | | | |

18. 쓴 약 같은 입술담배 연기 속에서

19. | | | | | | | | | | | | | | | | | | | |

20. 그래 지금은 모두들

21. | | | | | | | | | | | | | | | | | | | |

22. 자정 넘으면

23. | | | | | | | | | | | | | | | | | | | |

24. 단풍잎 같은 몇 잎의 차창을 달고

25. | | | | | | | | | | | | | | | | | | | |

26. 그리웠던 순간들을 호명하며 나는

27. | | | | | | | | | | | | | | | | | | | |

1. 막 차 는
2. 대 합 실
3. 흰 　 보 라
4. 톱 밥
5. 그 믐 처 럼
6. 몇 은
7. 그 리 웠 던
8. 한 줌 의
9. 내 면
10. 청 색 의
11. 모 두 들
12. 산 다 는
13. 한 　 　 두 름 　 의
14. 만 지 작 거 리 며
15. 침 묵 해 야
16. 모 두 들
17. 오 래
18. 쓴 　 　 약
19. 싸 륵 싸 륵
20. 그 래
21. 눈 꽃 의
22. 자 정
23. 낯 설 음 도
24. 단 풍 잎
25. 밤 열 차 는
26. 그 리 웠 던
27. 한 줌 의

03

어느 대나무의 고백

복효근

『어느 대나무의 고백』 복효근, (시인동네, 2024.03.11)

어느 대나무의 고백

— 복효근

1. 늘 푸르다는 것 하나로
2. 내게서 대쪽 같은 선비의 풍모를 읽고 가지만
3. 내 몸 가득 칸칸이 들어찬 어둠 속에
4. 터질 듯한 공허와 회의를 아는가

5. 고백컨대
6. 나는 참새 한 마리의 무게로도 휘청댄다
7. 흰 눈 속에서도 하늘 찌르는 기개를 운운하지만
8. 바람이라도 거세게 불라치면
9. 허리뼈가 뻐개지도록 휜다 흔들린다

10. 제 때에 이냥 베어져서
난세의 죽창이 되어 피 흘리거나
태평성대 향기로운 대피리가 되는,
정수리 깨치고 서늘하게 울려 퍼지는 장군죽비

하다못해 세상의 종아리를 후려치는 회초리의 꿈마저
꿈마저 꾸지 않는 것은 아니나
흉흉하게 들려오는 세상의 바람소리에
어둠 속에서 먼저 떨었던 것이다

아아, 고백하건대
그놈의 꿈들 때문에 서글픈 나는
생의 맨 끄트머리에나 있다고 하는 그 꽃을 위하여
시들지도 못하고 휘청, 흔들리며, 떨며 다만,
하늘 우러러 견디고 서 있는 것이다

38

03

어느 대나무의 고백

시의 첫 음 순서 암기하기

시의 행이나 연의 첫 글자를 활용하여 이야기를 만들어 보세요. 꼭 어법에 맞을 필요는 없으며 기억하기 좋은 이야기면 됩니다. 재미있고 쉽게 기억할 수 있는 자신만의 이야기를 만들어 보세요. 가장 좋은 방법은 시의 행이나 연의 첫 글자를 이용하여 본인이 직접 자신만의 스토리를 만들어 암기하는 것입니다.

첫 글자

늘 내 내 터 / 고 나 흰 바 허 / 제 난 태 정 / 하 꿈 흉 어 / 아 그 생 시 하

예시1 늘내내터지고 / 고생한 나의 흰바지허리 / 제는 나한테 저(정)
/여름(하)에 꿈꾸면 흉어 /아 그가 태어난(생시) 여름(하)에

예시2 연의 첫글자만 암기한다면
늘 고백은 제 때에 하다못해 아아고백이라도

● 예시글 혹은 본인이 만든 이야기를 생각하면서 첫 글자를 써보세요.

● 다음 행의 첫 글자를 보고 시를 암기해 보세요. 밑줄에는 핵심 단어 혹은 어구만 쓰세요.

늘 _____	하 _____
내 _____	꿈 _____
내 _____	흉 _____
터 _____	어 _____
고 _____	아 _____
나 _____	그 _____
흰 _____	생 _____
바 _____	시 _____
허 _____	하 _____
제 _____	
난 _____	
태 _____	
정 _____	

● 다음 시의 어구에 맞는 말을 찾아 잇고 암송하시오.

늘 푸르다는 ·	· 선비의 풍모를 읽고 가지만
내게서 대쪽 같은 ·	· 들어찬 어둠 속에
내 몸 가득 칸칸이 ·	· 회의를 아는가
터질 듯한 공허와 ·	· 것 하나로

고백컨대	
나는 참새 한 마리의 ·	· 거세게 불라치면
흰 눈 속에서도 하늘 찌르는 ·	· 기개를 운운하지만
바람이라도 ·	· 무게로도 휘청댄다
허리뼈가 뻐개지도록 ·	· 흰다 흔들린다

03

어느 대나무의 고백

제 때에 ·	· 대피리가 되는,
난세의 죽창이 되어 ·	· 울려 퍼지는 장군죽비
태평성대 향기로운 ·	· 이냥 베어져서
정수리 깨치고 서늘하게 ·	· 피 흘리거나

하다못해 세상의 종아리를 ·	· 떨었던 것이다
꿈마저 꾸지 ·	· 세상의 바람소리에
흉흉하게 들려오는 ·	· 않는 것은 아니나
어둠 속에서 먼저 ·	· 후려치는 회초리의 꿈마저

아아, ·	· 견디고 서 있는 것이다
그놈의 꿈들 때문에 ·	· 고백하건대
생의 맨 끄트머리에나 ·	· 서글픈 나는
시들지도 못하고 휘청, ·	· 있다고 하는 그 꽃을 위하여
하늘 우러러 ·	· 흔들리며, 떨며 다만,

순서 정렬하기 ②

○ (   )안에 순서대로 번호를 쓰고 읽어 보세요

(   ) 고백컨대

(   ) 늘 푸르다는 것 하나로

(   ) 나는 참새 한 마리의 무게로도 휘청댄다

(   ) 내게서 대쪽 같은 선비의 풍모를 읽고 가지만

(   ) 내 몸 가득 칸칸이 들어찬 어둠 속에

(   ) 흰 눈 속에서도 하늘 찌르는 기개를 운운하지만

(   ) 바람이라도 거세게 불라치면

(   ) 터질 듯한 공허와 회의를 아는가

(   ) 허리뼈가 뻐개지도록 휜다 흔들린다

- -

(   ) 제 때에 이냥 베어져서

(   ) 하다못해 세상의 종아리를 후려치는 회초리의 꿈마저

(   ) 꿈마저 꾸지 않는 것은 아니나

(   ) 난세의 죽창이 되어 피 흘리거나

(   ) 태평성대 향기로운 대피리가 되는,

(   ) 흉흉하게 들려오는 세상의 바람소리에

(   ) 어둠 속에서 먼저 떨었던 것이다

(   ) 정수리 깨치고 서늘하게 울려 퍼지는 장군죽비

- -

(   ) 그놈의 꿈들 때문에 서글픈 나는

(   ) 생의 맨 끄트머리에나 있다고 하는 그 꽃을 위하여

(   ) 시들지도 못하고 휘청, 흔들리며, 떨며 다만,

(   ) 아아, 고백하건대

(   ) 하늘 우러러 견디고 서 있는 것이다

5. 1. 6. 2. 3. 7. 8. 4. 9 / 1. 5. 6. 2. 3. 7. 8. 4 / 2. 3. 4. 1. 5

1. 　늘　 푸르다는 것 하나로
2. □□□ □□ 같은 □□의 □□를 읽고 가지만
3. □□ 가득 칸칸이 들어찬 □□ 속에
4. □□ 듯한 □□와 □□를 아는가

5. □□컨대
6. □□□□□□의 □□로도 휘청댄다
7. □□ 속에서도 □□ 찌르는 □□를 운운하지만
8. □□이라도 거세게 불라치면
9. □□□가 뻐개지도록 휜다, 흔들린다

10. □ 때에 이냥 베어져서
11. □□의 □□이 되어 피 흘리거나
12. □□□□ □□로운 □□□가 되는,
13. □□□ 깨치고 서늘하게 울려 퍼지는 □□□□

14. □□□□ 세상의 □□□를 후려치는 □□□의 □마저
15. □마저 꾸지 않는 것은 아니나
16. □□하게 들려오는 □□의 □□□□□에
17. □□ 속에서 먼저 떨었던 것이다

18. □□, □□하건대
19. □□□□들 때문에 서글픈 나는
20. □□ 맨 □□□□□에나 있다고 하는 그 □을 위하여
21. □□□□ 못하고 휘청, 흔들리며, 떨며 다만,
22. □□ 우러러 견디고 서 있는 것이다

03

어느 대나무의 고백

1. 늘 푸 르 다 는 것 하나로

2. ☐☐☐ 대쪽 같은 선비의 풍모를 ☐☐ ☐☐☐

3. 내 몸 ☐☐ ☐☐☐ ☐☐☐☐ 어둠 속에

4. ☐☐ ☐☐ 공허와 회의를 ☐☐☐

5. 고백컨대

6. 나는 참새 한 마리의 ☐☐☐☐ ☐☐☐☐

7. 흰 눈 속에서도 하늘 ☐☐☐ 기개를 ☐☐☐☐☐

8. 바람이라도 ☐☐☐☐☐☐☐

9. 허리뼈가 ☐☐☐☐☐☐ ☐☐ ☐☐☐

10. ☐ 때에 ☐☐ ☐☐☐

11. 난세의 죽창이 되어 ☐ ☐☐☐☐

12. 태평성대 ☐☐☐☐ 대피리가 ☐☐,

13. 정수리 ☐☐☐☐ ☐☐☐☐ 울려 ☐☐☐ 장군죽비

14. ☐☐☐☐☐ 세상의 종아리를 ☐☐☐☐ 회초리의 꿈마저

15. 꿈마저 꾸지 ☐☐ ☐☐☐☐

16. ☐☐☐☐ ☐☐☐ 세상의 바람소리에

17. 어둠 속에서 ☐☐ ☐☐☐ 것이다

18. 아아, ☐☐☐☐☐

19. ☐☐☐ 꿈들 ☐☐☐ ☐☐☐☐

20. 생의 ☐☐☐☐☐ ☐☐☐☐ ☐☐☐☐ 그 꽃을 위하여

21. ☐☐☐☐☐☐ 휘청, 흔들리며, ☐☐☐,

22. 하늘 ☐☐☐ ☐☐☐ 서 있는 것이다

늘 푸르다는 것 하나로

내게서 대쪽 같은 선비의 풍모를 읽고 가지만

내 몸 가득 칸칸이 들어찬 어둠 속에

터질 듯한 공허와 회의를 아는가

고백컨대

나는 참새 한 마리의 무게로도 휘청댄다

흰 눈 속에서도 하늘 찌르는 기개를 운운하지만

바람이라도 거세게 불라치면

허리뼈가 뻐개지도록 휜다 흔들린다

제 때에 이냥 베어져서

난세의 죽창이 되어 피 흘리거나

태평성대 향기로운 대피리가 되는,

정수리 깨치고 서늘하게 울려 퍼지는 장군죽비

03

어느 대나무의 고백

하다못해 세상의 종아리를 후려치는 회초리의 꿈마저

꿈마저 꾸지 않는 것은 아니나

흉흉하게 들려오는 세상의 바람소리에

어둠 속에서 먼저 떨었던 것이다

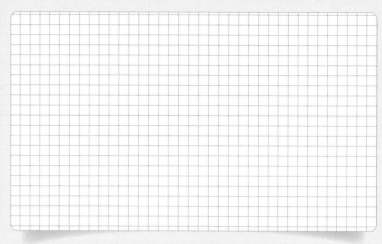

아아, 고백하건대

그놈의 꿈들 때문에 서글픈 나는

생의 맨 끄트머리에나 있다고 하는 그 꽃을 위하여

시들지도 못하고 휘청, 흔들리며, 떨며 다만,

하늘 우러러 견디고 서 있는 것이다

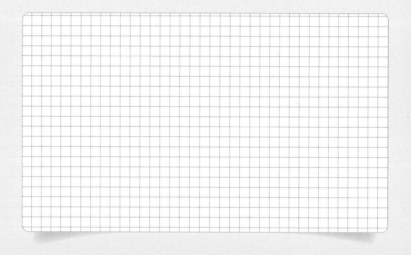

1. 늘 푸르다는 것 하나로

2. | 내 | 게 | 서 | | 대 | 쪽 | 같 | 은 | | 선 | 비 | 의 | | 풍 | 모 | 를 | | 읽 | 고 | | 가 | 지 | 만 | | | | | |

3. 내 몸 가득 칸칸이 들어찬 어둠 속에

4.

5. 고백컨대

6.

7. 흰 눈 속에서도 하늘 찌르는 기개를 운운하지만

8.

9. 허리뼈가 뻐개지도록 휜다 흔들린다

10.

11. 난세의 죽창이 되어 피 흘리거나

12.

13. 정수리 깨치고 서늘하게 울려 퍼지는 장군죽비

14.

15. 꿈마저 꾸지 않는 것은 아니나

16.

17. 어둠 속에서 먼저 떨었던 것이다

18.

19. 그놈의 꿈들 때문에 서글픈 나는

20.

21. 시들지도 못하고 휘청, 흔들리며, 떨며 다만,

22.

03

어느 대나무의 고백

1. 늘 푸르다는 것 하나로

2. 내게서 대쪽 같은 선비의 풍모를 읽고 가지만

3.

4. 터질 듯한 공허와 회의를 아는가

5.

6. 나는 참새 한 마리의 무게로도 휘청댄다

7.

8. 바람이라도 거세게 불라치면

9.

10. 제 때에 이냥 베어져서

11.

12. 태평성대 향기로운 대피리가 되는,

13.

14. 하다못해 세상의 종아리를 후려치는 회초리의 꿈마저

15.

16. 훙훙하게 들려오는 세상의 바람소리에

17.

18. 아아, 고백하건대

19.

20. 생의 맨 끄트머리에나 있다고 하는 그 꽃을 위하여

21.

22. 하늘 우러러 견디고 서 있는 것이다

1. 늘 푸르다는 것 하나로
2. 내게서 대쪽
3. 내 몸
4. 터질 듯한

5. 고백컨대
6. 나는 참새
7. 흰 눈
8. 바람이라도
9. 허리뼈가

10. 제 때에
11. 난세의
12. 태평성대
13. 정수리

14. 하다못해
15. 꿈마저
16. 흉흉하게
17. 어둠

18. 아아,
19. 그놈의 꿈들때문에
20. 생의 맨
21. 시들지도
22. 하늘

04

저 거리의 암자

신달자

『저 거리의 암자』 신달자, (문학사상, 2023.09.15)

거리의 암자

— 신달자

1. 어둠 깊어 가는 수서역 부근에는
2. 트럭 한 대분의 하루 노동을 벗기 위해
3. 포장마차에 몸을 싣는 사람들이 있습니다

4. 주인과 손님이 함께
5. 야간 여행을 떠납니다

6. 밤에서 밤까지 주황색 마차는
7. 잡다한 번뇌를 싣고 내리고
8. 구슬픈 노래를 잔마다 채우고
9. 벗된 농담도 잔으로 나누기도 합니다

10. 속풀이 국물이 짜글짜글 냄비에서 끓고 있습니다
11. 거리의 어둠이 짙을수록
12. 진탕으로 울화가 짙은 사내들이
13. 해고된 직장을 마시고 단칸방의 갈증을 마십니다

14. 젓가락으로 집던 산낙지가 꿈틀 상 위에 떨어져
15. 온몸으로 문자를 쓰지만 아무도 읽어내지 못합니다
16. 답답한 것이 산낙지 뿐입니까
17. 어쩌다 생의 절반을 속임수에 팔아 버린 여자도
18. 서울을 통째로 마시다가 속이 뒤집혀 욕을 게워냅니다

19. 비워진 소주병이 놓인 플라스틱 작은 상이 휘청거립니다
20. 마음도 다리도 휘청거리는 밤거리에서
21. 조금씩 비워지는
22. 잘익은 감빛 포장마차는 한 채의 묵직한 암자입니다

23. 새벽이 오면
24. 포장마차 주인은 밤새 지은 암자를 거둬 냅니다

25. 손님이나 주인 모두 하룻밤의 수행이 끝났습니다
26. 잠을 설치며 속을 졸이던 대모산의 조바심도 가라앉기 시작합니다
27. 거리의 암자를 가슴으로 옮기는 데
28. 속을 쓸어내리는 하룻밤이 걸렸습니다

29. 금강경 한 페이지가 겨우 넘어 갑니다

04

저 거리의 암자

시의 첫 음 순서 암기하기

시의 행이나 연의 첫 글자를 활용하여 이야기를 만들어 보세요. 꼭 어법에 맞을 필요는 없으며 기억하기 좋은 이야기면 됩니다. 재미있고 쉽게 기억할 수 있는 자신만의 이야기를 만들어 보세요. 가장 좋은 방법은 시의 행이나 연의 첫 글자를 이용하여 본인이 직접 자신만의 스토리를 만들어 암기하는 것입니다.

🔖 **연**의 첫 단어 (원본에는 연 구분이 없으나 편의상 의미단위로 나누었습니다)

어둠 주인 밤 속풀이 젓가락 비워진 소주병 손님 금강경

예시1 어둠깊어가는 주인없는 밤에 속풀이 젓가락을 비워진 소주병에 넣고 새벽에 손님은 금강경을 읽는다.

● 예시글 혹은 본인이 만든 이야기를 생각하면서 첫 글자를 써보세요.

● 다음 행의 첫 글자를 보고 시를 암기해 보세요. 밑줄에는 핵심 단어 혹은 어구만 쓰세요.

어 _____	젓 _____
트 _____	온 _____
포 _____	답 _____
주 _____	어 _____
야 _____	서 _____
밤 _____	비 _____
잡 _____	마 _____
구 _____	조 _____
벗 _____	잘 _____
속 _____	새 _____
거 _____	포 _____
진 _____	손 _____
해 _____	잠 _____
	거 _____
	속 _____
	금 _____

● 다음 시의 어구에 맞는 말을 찾아 잇고 암송하시오.

어둠 깊어 가는 · · 사람들이 있습니다
트럭 한 대분의 · · 손님이 함께
포장마차에 몸을 싣는 · · 떠납니다
주인과 · · 하루 노동을 벗기 위해
야간 여행을 · · 수서역 부근에는

밤에서 밤까지 · · 나누기도 합니다
잡다한 번뇌를 · · 냄비에서 끓고 있습니다
구슬픈 노래를 · · 단칸방의 갈증을 마십니다
벗된 농담도 잔으로 · · 싣고 내리고
속풀이 국물이 짜글짜글 · · 잔마다 채우고
거리의 어둠이 · · 주황색 마차는
진탕으로 울화가 · · 짙은 사내들이
해고된 직장을 마시고 · · 짙을수록

젓가락으로 집던 산낙지가 · · 꿈틀 상 위에 떨어져
온몸으로 문자를 쓰지만 · · 산낙지 뿐입니까
답답한 것이 · · 속이 뒤집혀 욕을 게워냅니다
어쩌다 생의 절반을 · · 속임수에 팔아 버린 여자도
서울을 통채로 마시다가 · · 아무도 읽어내지 못합니다

비워진 소주병이 놓인 · · 밤거리에서
마음도 다리도 휘청거리는 · · 밤새 지은 암자를 거둬냅니다
조금씩 · · 비워지는
잘익은 감빛 포장마차는 · · 오면
새벽이 · · 플라스틱 작은 상이 휘청거립니다
포장마차 주인은 · · 한 채의 묵직한 암자입니다

손님이나 주인 모두 · · 가슴으로 옮기는데
잠을 설치며 속을 졸이던 대모산의 · · 겨우 넘어 갑니다
거리의 암자를 · · 조바심도 가라앉기 시작합니다
속을 쓸어내리는 · · 하룻밤의 수행이 끝났습니다
금강경 한페이지가 · · 하룻밤이 걸렸습니다

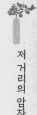

저 거리의 암자

55

○ ( )안에 순서대로 번호를 쓰고 읽어 보세요

( ) 구슬픈 노래를 잔마다 채우고

( ) 밤에서 밤까지 주황색 마차는

( ) 벗된 농담도 잔으로 나누기도 합니다

( ) 어둠 깊어가는 수서역 부근에는

( ) 잡다한 번뇌를 싣고 내리고

( ) 주인과 손님이 함께

( ) 야간 여행을 떠납니다

( ) 트럭 한 대분의 하루 노동을 벗기 위해

( ) 포장마차에 몸을 싣는 사람들이 있습니다

( ) 거리의 어둠이 짙을수록

( ) 답답한 것이 산낙지 뿐입니까

( ) 서울을 통채로 마시다가 속이 뒤집혀 욕을 게워냅니다

( ) 속풀이 국물이 짜글짜글 냄비에서 끓고 있습니다

( ) 어쩌다 생의 절반을 속임수에 팔아 버린 여자도

( ) 온몸으로 문자를 쓰지만 아무도 읽어내지 못합니다

( ) 젓가락으로 집던 산낙지가 꿈틀 상 위에 떨어져

( ) 진탕으로 울화가 짙은 사내들이

( ) 해고된 직장을 마시고 단칸방의 갈증을 마십니다

( ) 새벽이 오면

( ) 거리의 암자를 가슴으로 옮기는 데

( ) 금강경 한페이지가 겨우 넘어 갑니다

( ) 마음도 다리도 휘청거리는 밤거리에서

( ) 조금씩 비워지는

( ) 비워진 소주병이 놓인 플라스틱 작은 상이 휘청거립니다

( ) 속을 쓸어내리는 하룻밤이 걸렸습니다

( ) 손님이나 주인 모두 하룻밤의 수행이 끝났습니다

( ) 잘익은 감빛 포장마차는 한 채의 묵직한 암자입니다

( ) 잠을 설치며 속을 졸이던 대모산의 조바심도 가라앉기 시작합니다

( ) 포장마차 주인은 밤새 지은 암자를 거둬냅니다   8. 6. 9. 1. 7. 4. 5. 2. 3 / 2. 7. 9. 1. 8. 6. 5. 3. 4 / 5. 9. 11. 2. 3. 1. 10. 7. 4. 8. 6

1. 어 둠 깊어 가는 수 서 역 부근에는
2. ☐☐ 한 대분의 ☐☐, ☐☐을 벗기 위해
3. ☐☐☐☐에 ☐을 싣는 ☐☐☐이 있습니다

4. ☐☐과 ☐☐이 함께
5. ☐☐☐☐을 떠납니다

6. ☐에서 ☐까지 ☐☐☐ ☐☐는
7. ☐☐☐ ☐☐를 싣고 내리고
8. ☐☐☐ ☐☐를 ☐마다 채우고
9. ☐☐ ☐☐도 ☐으로 나누기도 합니다

10. ☐☐☐ ☐☐이 짜글짜글 ☐☐에서 끓고 있습니다
11. ☐☐☐ ☐☐이 짙을수록
12. ☐☐☐☐ ☐☐가 짙은 ☐☐들이
13. ☐☐☐ ☐☐을 마시고 ☐☐☐의 ☐☐을 마십니다

14. ☐☐☐으로 집던 ☐☐☐가 꿈틀 ☐ 위에 떨어져
15. ☐☐☐☐ ☐☐를 쓰지만 아무도 읽어내지 못합니다
16. ☐☐☐ 것이 ☐☐☐ 뿐입니까
17. ☐☐☐ 생의 절반을 ☐☐☐에 팔아 버린 ☐☐도
18. ☐☐☐ 통채로 마시다가 ☐이 뒤집혀 ☐을 게워냅니다

04
저 거리의 암자

19. 비워진 소주병이 놓인 플라스틱 작은 상이 휘청거립니다

20. ☐☐☐ ☐☐도 휘청거리는 ☐☐☐에서

21. ☐☐☐ 비워지는

22. ☐☐☐ 감빛 ☐☐☐☐는 한 채의 묵직한 ☐☐입니다

23. ☐☐☐ 오면

24. ☐☐☐☐ 주인은 밤새 지은 ☐☐를 거둬냅니다

25. ☐☐☐☐ ☐☐ 모두 ☐☐☐의 ☐☐이 끝났습니다

26. ☐☐ 설치며 속을 졸이던 대모산의 ☐☐☐도 가라앉기 시작합니다

27. ☐☐☐ ☐☐를 ☐☐으로 옮기는데

28. ☐☐ 쓸어내리는 ☐☐☐이 걸렸습니다

29. ☐☐☐ 한페이지가 겨우 넘어 갑니다

58

1. 어둠 [깊][어] [가][는] 수서역 [부][근][에][는]
2. 트럭 한 대 [　][　] 하루 노동을 벗기 [　][　]
3. 포장마차에 몸을 [　][　] 사람들이 있습니다

4. 주인과 손님이 [　][　]
5. 야간 여행을 [　][　][　][　]

6. 밤에서 [　][　][　] 주황색 마차는
7. [　][　][　] 번뇌를 [　][　] [　][　][　]
8. 구슬픈 노래를 잔마다 [　][　][　]
9. [　][　] 농담도 [　][　][　] 나누기도 합니다

10. 속풀이 국물이 [　][　][　][　] 냄비에서 [　][　] 있습니다
11. 거리의 어둠이 [　][　][　][　]
12. 진탕으로 울화가 [　][　] 사내들이
13. [　][　][　] 직장을 [　][　][　] 단칸방의 [　][　][　] 마십니다

14. 젓가락으로 [　][　] 산낙지가 [　][　] 상 [　][　] 떨어져
15. 온몸으로 문자를 [　][　][　][　] [　][　][　] [　][　][　][　] 못합니다
16. [　][　][　] 것이 산낙지 [　][　][　][　]
17. [　][　][　] 생의 절반을 속임수에 [　][　] [　][　] 여자도
18. 서울을 [　][　][　] 마시다가 속이 [　][　][　] 욕을 [　][　][　][　][　]

04
저 거리의 암자

59

19. 비 워 진 소주병이 놓 인 플라스틱 작은 상이 휘 청 거 립 니 다

20. 마음도 다리도 □□□□□ 밤거리에서

21. □□□ 비워지는

22. □□□ 감빛 포장마차는 한 채의 □□□ 암자입니다

23. 새벽이 □□

24. 포장마차 주인은 □□ □□ 암자를 □□□□□

25. 손님이나 주인 □□ 하룻밤의 수행이 □□□□□

26. 잠을 □□□ 속을 □□□ 대모산의 □□□□ 가라앉기 □□□□□

27. 거리의 암자를 가슴으로 □□□□

28. 속을 □□□□□ 하룻밤이 □□□□□

29. 금강경 한페이지가 □□ □□ 갑니다

어둠 깊어가는 수서역 부근에는

트럭 한 대분의 하루 노동을 벗기 위해

포장마차에 몸을 싣는 사람들이 있습니다

주인과 손님이 함께

야간 여행을 떠납니다

04

저 거 리 의 암 자

밤에서 밤까지 주황색 마차는

잡다한 번뇌를 싣고 내리고

구슬픈 노래를 잔마다 채우고

벗된 농담도 잔으로 나누기도 합니다

속풀이 국물이 바글바글 냄비에서 끓고 있습니다

거리의 어둠이 짙을수록

진탕으로 울화가 짙은 사내들이

해고된 직장을 마시고 단칸방의 갈증을 마십니다

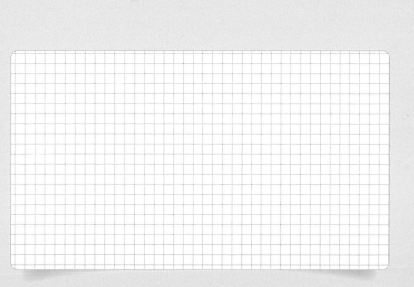

젓가락으로 집던 산낙지가 꿈틀 상 위에 떨어져

온몸으로 문자를 쓰지만 아무도 읽어내지 못합니다

답답한 것이 산낙지 뿐입니까

어쩌다 생의 절반을 속임수에 팔아 버린 여자도

서울을 통채로 마시다가 속이 뒤집혀 욕을 게워냅니다

비워진 소주병이 놓인 플라스틱 작은 상이 휘청거립니

다

마음도 다리도 휘청거리는 밤거리에서

조금씩 비워지는

잘익은 감빛 포장마차는 한 채의 묵직한 암자입니다

새벽이 오면

포장마차 주인은 밤새 지은 암자를 거둬냅니다

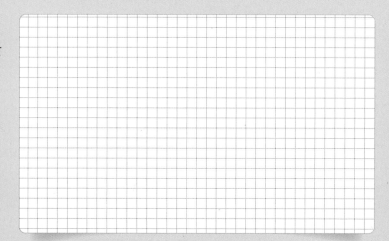

손님이나 주인 모두 하룻밤의 수행이 끝났습니다

잠을 설치며 속을 졸이던 대모산의 조바심도 가라앉

기 시작합니다

거리의 암자를 가슴으로 옮기는데

속을 쓰러내리는 하룻밤이 걸렸습니다

금강경 한 페이지가 겨우 넘어 갑니다

1. 어둠 깊어가는 수서역 부근에는

2. | 트 | 러 | | 한 | | 대 | 분 | 의 | | 하 | 루 | | 노 | 동 | 을 | | 벗 | 기 | | 위 | 해 | | | | | |

3. 포장마차에 몸을 싣는 사람들이 있습니다

4. (빈칸)

5. 야간 여행을 떠납니다

6. (빈칸)

7. 잡다한 번뇌를 싣고 내리고

8. (빈칸)

9. 벗된 농담도 잔으로 나누기도 합니다

10. (빈칸)

11. 거리의 어둠이 짙을수록

12. (빈칸)

13. 해고된 직장을 마시고 단칸방의 갈증을 마십니다

14. (빈칸)

15. 온몸으로 문자를 쓰지만 아무도 읽어내지 못합니다.

16. (빈칸)

17. 어쩌다 생의 절반을 속임수에 팔아 버린 여자도

18. (빈칸)

19. 비워진 소주병이 놓인 플라스틱 작은 상이 휘청거립니다

20. (빈칸)

21. 조금씩 비워지는

22. (빈칸)

23. 새벽이 오면

24. (빈칸)

25. 손님이나 주인 모두 하룻밤의 수행이 끝났습니다

26. (빈칸)
(빈칸)

27. 거리의 암자를 가슴으로 옮기는데

28. (빈칸)

29. 금강경 한 페이지가 겨우 넘어 갑니다

04
저 거리의 암자

1. | 어 | 둠 | | 깊 | 어 | | 가 | 는 | | 수 | 서 | 역 | | 부 | 근 | 에 | 는 | | | | | | | | |

2. 트럭 한 대분의 하루 노동을 벗기 위해

3.

4. 주인과 손님이 함께

5.

6. 밤에서 밤까지 주황색 마차는

7.

8. 구슬픈 노래를 잔마다 채우고

9.

10. 속풀이 국물이 짜글짜글 냄비에서 끓고 있습니다

11.

12. 진탕으로 울화가 짙은 사내들이

13.

14. 젓가락으로 집던 산낙지가 꿈틀 상 위에 떨어져

15.

16. 답답한 것이 산낙지 뿐입니까

17.

18. 서울을 통채로 마시다가 속이 뒤집혀 욕을 게워냅니다

19.

20. 마음도 다리도 휘청거리는 밤거리에서

21.

22. 잘익은 감빛 포장마차는 한 채의 묵직한 암자입니다

23.

24. 포장마차 주인은 밤새 지은 암자를 거둬 냅니다

25.

26. 잠을 설치며 속을 졸이던 대모산의 조바심도 가라앉기 시작합니다

27.

28. 속을 쓸어내리는 하룻밤이 걸렸습니다

29.

1. 어둠
2. 트럭
3. 포장마차에
4. 주인과
5. 야간 여행을
6. 밤에서
7. 잡다한
8. 구슬픈
9. 벗된
10. 속풀이
11. 거리의
12. 진탕으로
13. 해고된
14. 젓가락으로
15. 온몸으로
16. 답답한
17. 어쩌다
18. 서울을
19. 비워진
20. 마음도
21. 조금씩
22. 잘익은
23. 새벽이
24. 포장마차
25. 손님이나
26. 잠을 설치며

27. 거리의
28. 속을
29. 금강경

04

저 거리의 암자

필사 하기 암기 확인

05

내가 사랑하는 당신은

도종환

『내가 사랑하는 당신은』 도종환, (실천문학사, 2005.05.30)

내가 사랑하는 당신은

— 도종환

1. 저녁숲에 내리는 황금빛 노을이기보다는
2. 구름 사이에 뜬 별이었음 좋겠어
3. 내가 사랑하는 당신은
4. 버드나무 실가지 가볍게 딛으며 오르는 만월이기보다는
5. 동짓달 스무날 빈 논길을 쓰다듬는 달빛이었음 싶어.

6. 꽃분에 가꾼 국화의 우아함 보다는
7. 해가 뜨고 지는 일에 고개를 끄덕일 줄 아는 구절초이었음 해.
8. 내가 사랑하는 당신이 꽃이라면
9. 꽃 피우는 일이 곧 살아가는 일인
10. 콩꽃 팥꽃이었음 좋겠어.

11. 이 세상의 어느 한 계절 화사히 피었다
12. 시들면 자취 없는 사랑 말고
13. 저무는 들녘일수록 더욱 은은히 아름다운
14. 억새풀처럼 늙어갈 순 없을까
15. 바람 많은 가을 강가에 서로 어깨를 기댄 채

우리 서로 물이 되어 흐른다면
바위를 깎거나 갯벌 허무는 밀물 썰물보다는
물오리떼 쉬어가는 저녁 강물이었음 좋겠어
이렇게 손을 잡고 한세상을 흐르는 동안
갈대가 하늘로 크고 먼바다에 이르는 강물이었음 좋겠어.

05

내가 사랑하는 당신은

시의 첫 음 순서 암기하기

시의 행이나 연의 첫 글자를 활용하여 이야기를 만들어 보세요. 꼭 어법에 맞을 필요는 없으며 기억하기 좋은 이야기면 됩니다. 재미있고 쉽게 기억할 수 있는 자신만의 이야기를 만들어 보세요. 가장 좋은 방법은 시의 행이나 연의 첫 글자를 이용하여 본인이 직접 자신만의 스토리를 만들어 암기하는 것입니다.

행의 첫 글자

저구내버동 / 꽃해내꽃콩 / 이시저억바 / 우바물이갈

연의 첫 글자

저꽃이우

연의 첫 단어

저녁숲 / 꽃분 / 이 세상의 / 우리

예시 1 저 구내 버동엔 / 꽃 해 받으면 내에도 꽃콩이 /
이씨 저 오빠(이시저억바) / 오빠물이가(우바물이갈)

예시 2 저꽃이우

◦ 예시글 혹은 본인이 만든 이야기를 생각하면서 첫 글자를 써보세요.

◦ 다음 행의 첫 글자를 보고 시를 암기해 보세요. 밑줄에는 핵심 단어 혹은 어구만 쓰세요.

저	이
구	시
내	저
버	억
동	바
꽃	우
해	바
내	물
꽃	이
콩	갈

● 다음 시의 어구에 맞는 말을 찾아 잇고 암송하시오.

저녁숲에 내리는 · · 당신은

구름 사이에 뜬 · · 별이었음 좋겠어

내가 사랑하는 · · 쓰다듬는 달빛이었음 싶어.

버드나무 실가지 가볍게 딛으며 · · 오르는 만월이기보다는

동짓달 스무날 빈 논길을 · · 황금빛 노을이기보다는

꽃분에 가꾼 국화의 · · 고개를 끄덕일 줄 아는 구절초이었음 해.

해가 뜨고 지는 일에 · · 곧 살아가는 일인

내가 사랑하는 · · 당신이 꽃이라면

 꽃 피우는 일이 · · 우아함 보다는

콩꽃 팥꽃이었음 · · 좋겠어.

이 세상의 어느 한 계절 · · 늙어갈 순 없을까

시들면 자취 없는 · · 더욱 은은히 아름다운

저무는 들녘일수록 · · 사랑 말고

억새풀처럼 · · 서로 어깨를 기댄 채

바람 많은 가을 강가에 · · 화사히 피었다

우리 서로 물이 되어 · · 먼바다에 이르는 강물이었음 좋겠어.

바위를 깎거나 갯벌 허무는 · · 밀물 썰물보다는

물오리떼 쉬어가는 · · 저녁 강물이었음 좋겠어

이렇게 손을 잡고 · · 한세상을 흐르는 동안

갈대가 하늘로 크고 · · 흐른다면

05

내가 사랑하는 당신은

◦ (   )안에 순서대로 번호를 쓰고 읽어 보세요

(   ) 구름 사이에 뜬 별이었음 좋겠어

(   ) 내가 사랑하는 당신은

(   ) 동짓달 스무날 빈 논길을 쓰다듬는 달빛이었음 싶어.

(   ) 버드나무 실가지 가볍게 딛으며 오르는 만월이기보다는

(   ) 저녁숲에 내리는 황금빛 노을이기보다는

(   ) 꽃 피우는 일이 곧 살아가는 일인

(   ) 꽃분에 가꾼 국화의 우아함 보다는

(   ) 내가 사랑하는 당신이 꽃이라면

(   ) 콩꽃 팥꽃이었음 좋겠어.

(   ) 해가 뜨고 지는 일에 고개를 끄덕일 줄 아는 구절초이었음 해.

(   ) 바람 많은 가을 강가에 서로 어깨를 기댄 채

(   ) 시들면 자취 없는 사랑 말고

(   ) 억새풀처럼 늙어갈 순 없을까

(   ) 이 세상의 어느 한 계절 화사히 피었다

(   ) 저무는 들녘일수록 더욱 은은히 아름다운

(   ) 갈대가 하늘로 크고 먼바다에 이르는 강물이었음 좋겠어.

(   ) 물오리떼 쉬어가는 저녁 강물이었음 좋겠어

(   ) 바위를 깎거나 갯벌 허무는 밀물 썰물보다는

(   ) 우리 서로 물이 되어 흐른다면

(   ) 이렇게 손을 잡고 한세상을 흐르는 동안

2. 3. 5. 4. 1 / 4. 1. 3. 5. 2 / 5. 2. 4. 1. 3 / 5. 3. 2. 1. 4

1. 저 녁 숲 에 내리는 황 금 빛 노 을 이기보다는

2. □□ 사이에 뜬 □이었음 좋겠어

3. 내가 □ 하는 □은

4. □□□□ 가볍게 딛으며 오르는 □이기보다는

5. □ 스무날 빈 □을 쓰다듬는 □이었음 싶어.

6. □에 가꾼 □의 □ 보다는

7. □가 뜨고 지는 일에 □를 끄덕일 줄 아는 □이었음 해.

8. 내가 사랑하는 □이 □이라면

9. □ 피우는 일이 곧 살아가는 □인

10. □□ 이었음 좋겠어.

11. 이 □의 어느 한 □ 화사히 피었다

12. 시들면 자취 없는 □ 말고

13. 저무는 □ 일수록 더욱 은은히 아름다운

14. □ 처럼 늙어갈 순 없을까

15. □ 많은 □□ 에 서로 □를 기댄 채

16. 우리 서로 □이 되어 흐른다면

17. □를 깎거나 갯벌 허무는 □□ 보다는

18. □□ 쉬어가는 □□이었음 좋겠어

19. 이렇게 □을 잡고 □□을 흐르는 동안

20. □가 □로 크고 □□에 이르는 □이었음 좋겠어.

05

내가 사랑하는 당신은

1. 저 녁 숲 에 내리는 황금빛 노 을 이 기 보 다 는

2. 구름 □□□ 뜬 □□□□ 좋겠어

3. □□ 사랑하는 □□□

4. 버드나무 실가지 □□□□ □□□□ □□□ 만월이기보다는

5. 동짓달 스무날 □ 논길을 □□□□ 달빛이었음 □□.

6. □□□□ □□ 국화의 우아함 □□□

7. □□ 뜨고 지는 일에 고개를 □□□□ □□ 구절초이었음 해.

8. □□ 사랑하는 당신이 □□□□

9. 꽃 □□□□ □□□□ 살아가는 □□

10. 콩꽃 팥꽃이었음 □□□.

11. 이 □□□ 어느 한 계절 □□□ □□□

12. □□□ 자취 □□ 사랑 □□

13. □□ 들녘일수록 □□ □□□□ □□□□

14. □□□□ 늙어갈 순 □□□

15. 바람 □□ 가을 강가에 □□ □□□ □□ 채

16. □□□ 물이 되어 □□□□

17. 바위를 □□□ 갯벌 □□□ 밀물 □□□□□

18. 물오리떼 □□□□ 저녁 □□□□ 좋겠어

19. □□□ 손을 잡고 □□ □□□ □□□ □□

20. 갈대가 □□□ □□ 먼바다에 □□ 강물이었음 □□□.

74

저녁숲에 내리는 황금빛 노을이기보다는

구름 사이에 뜬 별이었음 좋겠어

내가 사랑하는 당신은

버드나무 실가지 가볍게 딛으며 오르는 만월이기보다는

동짓달 스무날 빈 논길을 쓰다듬는 달빛이었음 싶어.

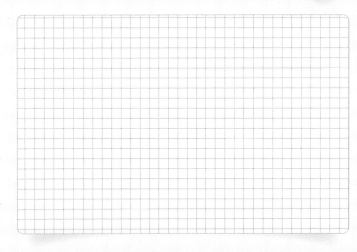

꽃분에 가꾼 국화의 우아함 보다는

해가 뜨고 지는 일에 고개를 끄덕일 줄 아는 구절초이었음 해.

내가 사랑하는 당신이 꽃이라면

꽃 피우는 일이 곧 살아가는 일인

콩꽃 팥꽃이었음 좋겠어.

이 세상의 어느 한 계절 화사히 피었다

시들면 자취 없는 사랑 말고

저무는 들녘일수록 더욱 은은히 아름다운

억새풀처럼 늙어갈 순 없을까

바람 많은 가을 강가에 서로 어깨를 기댄 채

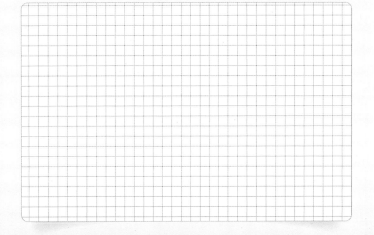

우리 서로 물이 되어 흐른다면

바위를 깎거나 갯벌 허무는 밀물 썰물보다는

물오리떼 쉬어가는 저녁 강물이었음 좋겠어

이렇게 손을 잡고 한세상을 흐르는 동안

갈대가 하늘로 크고 먼바다에 이르는 강물이었음 좋겠어.

1. 저녁숲에 내리는 황금빛 노을이기보다는

2. | 구 | 름 | | 사 | 이 | 에 | | 뜬 | | 별 | 이 | 었 | 음 | | 좋 | 겠 | 어 | | | |

3. 내가 사랑하는 당신은

4. | | | | | | | | | | | | | | | | | | | |

| | | | | | | | | | | | | | | | | | | |

5. 동짓달 스무날 빈 논길을 쓰다듬는 달빛이었음 싶어.

6. | | | | | | | | | | | | | | | | | | | |

7. 해가 뜨고 지는 일에 고개를 끄덕일 줄 아는 구절초이었음 해.

8. | | | | | | | | | | | | | | | | | | | |

9. 꽃 피우는 일이 곧 살아가는 일인

10. | | | | | | | | | | | | | | | | | | | |

11. 이 세상의 어느 한 계절 화사히 피었다

12. | | | | | | | | | | | | | | | | | | | |

13. 저무는 들녘일수록 더욱 은은히 아름다운

14. | | | | | | | | | | | | | | | | | | | |

15. 바람 많은 가을 강가에 서로 어깨를 기댄 채

16. | | | | | | | | | | | | | | | | | | | |

17. 바위를 깎거나 갯벌 허무는 밀물 썰물보다는

18. | | | | | | | | | | | | | | | | | | | |

19. 이렇게 손을 잡고 한세상을 흐르는 동안

20. | | | | | | | | | | | | | | | | | | | |

| | | | | | | | | | | | | | | | | | | |

1. 저녁 숲에 내리는 황금빛 노을이기보다는

2. 구름 사이에 뜬 별이었음 좋겠어

3.

4. 버드나무 실가지 가볍게 딛으며 오르는 만월이기보다는

5.

6. 꽃분에 가꾼 국화의 우아함 보다는

7.

8. 내가 사랑하는 당신이 꽃이라면

9.

10. 콩꽃 팥꽃이었음 좋겠어.

11.

12. 시들면 자취 없는 사랑 말고

13.

14. 억새풀처럼 늙어갈 순 없을까

15.

16. 우리 서로 물이 되어 흐른다면

17.

18. 물오리떼 쉬어가는 저녁 강물이었음 좋겠어

19.

20. 갈대가 하늘로 크고 먼바다에 이르는 강물이었음 좋겠어.

1. 저녁 숲에
2. 구름
3. 내가
4. 버드나무

5. 동짓달

6. 꽃분에

7. 해가
8. 내가
9. 꽃
10. 콩꽃

11. 이
12. 시들면
13. 저무는
14. 억새풀처럼
15. 바람

16. 우리
17. 바위를
18. 물오리떼
19. 이렇게
20. 갈대가

05
내가 사랑하는 당신은

작은 이름 하나라도

이기철

『노래마다 눈물이 묻어있다』 이기철, (시인생각, 2013.02.15)

작은 이름 하나라도

— 이기철

1. 이 세상 작은 이름 하나라도
2. 마음 끝에 닿으면 등불이 된다
3. 아플 만큼 아파 본 사람만이
4. 망각과 폐허도 가꿀 줄 안다

5. 내 한때 너무 멀어서 못 만난 허무
6. 너무 낯설어 가까이 못 간 이념도
7. 이제는 푸성귀 잎에 내리는 이슬처럼
8. 불빛에 씻어 손바닥 위에 얹는다

9. 세상은 적이 아니라고
10. 고통도 쓰다듬으면 보석이 된다고
11. 나는 얼마나 오래 악보 없는 노래로 불러왔던가

12. 이 세상 가장 여린 것, 가장 작은 것
13. 이름만 불러도 눈물겨운 것
14. 그들이 내 친구라고
15. 나는 얼마나 오래 여린 말로 노래했던가

16. 내 걸어갈 동안은 세상은 나의 벗
17. 내 수첩에 기록되어 있는 모음이 아름다운 사람의 이름들
18. 그들 위해 나는 오늘도 한술 밥, 한 쌍 수저
19. 식탁 위에 올린다

20. 잊혀지면 안식이 되고
21. 마음 끝에 닿으면 등불이 되는
22. 이 세상 작은 이름 하나를 위해
23. 내 쌀 씻어 놀 같은 저녁밥 지으며

06

작은 이름 하나라도

시의 첫 음 순서 암기하기

시의 행이나 연의 첫 글자를 활용하여 이야기를 만들어 보세요. 꼭 어법에 맞을 필요는 없으며 기억하기 좋은 이야기면 됩니다. 재미있고 쉽게 기억할 수 있는 자신만의 이야기를 만들어 보세요. 가장 좋은 방법은 시의 행이나 연의 첫 글자를 이용하여 본인이 직접 자신만의 스토리를 만들어 암기하는 것입니다.

행의 첫 글자

이마아망 / 내너이불 / 세고나 / 이이그나 / 내내그식 / 잊마이내

연의 첫 단어

이 세상 / 내 한 때 / 세상은 / 이 세상 / 내 걸어갈 / 잊혀지면

예시 1 이마음아픈것 잊고(망) /내 너이불속은 /세상고통나아지겠지/으(이)이그나 /내내 그(런)식/잊(지)마 이내(맘)

● 예시글 혹은 본인이 만든 이야기를 생각하면서 첫 글자를 써보세요.

● 다음 행의 첫 글자를 보고 시를 암기해 보세요. 밑줄에는 핵심 단어 혹은 어구만 쓰세요.

이	이
마	이
아	그
망	나
내	내
너	내
이	그
불	식
세	잊
고	마
나	이
	내

● 다음 시의 어구에 맞는 말을 찾아 잇고 암송하시오.

이 세상 작은	·	·	가꿀 줄 안다
마음 끝에 닿으면	·	·	내리는 이슬처럼
아플 만큼	·	·	등불이 된다
망각과 폐허도	·	·	못 간 이념도
내 한때 너무 멀어서	·	·	못 만난 허무
너무 낯설어 가까이	·	·	손바닥 위에 얹는다
이제는 푸성귀 잎에	·	·	아파 본 사람만이
불빛에 씻어	·	·	이름 하나라도

세상은 적이	·	·	가장 작은 것
고통도 쓰다듬으면	·	·	내 친구라고
나는 얼마나 오래	·	·	눈물겨운 것
이 세상 가장 여린 것,	·	·	보석이 된다고
이름만 불러도	·	·	아니라고
그들이	·	·	악보 없는 노래로 불러왔던가
나는 얼마나 오래	·	·	여린 말로 노래했던가

내 걸어갈 동안은	·	·	등불이 되는
내 수첩에 기록되어 있는	·	·	모음이 아름다운 사람의 이름들
그들 위해 나는 오늘도	·	·	세상은 나의 벗
식탁 위에	·	·	안식이 되고
잊혀지면	·	·	올린다
마음 끝에 닿으면	·	·	이름 하나를 위해
이 세상 작은	·	·	저녁밥 지으며
내 쌀 씻어 놀 같은	·	·	한술 밥, 한 쌍 수저

○ (   )안에 순서대로 번호를 쓰고 읽어 보세요

(   ) 내 한때 너무 멀어서 못 만난 허무

(   ) 너무 낯설어 가까이 못 간 이념도

(   ) 마음 끝에 닿으면 등불이 된다

(   ) 망각과 폐허도 가꿀 줄 안다

(   ) 불빛에 씻어 손바닥 위에 얹는다

(   ) 아플 만큼 아파 본 사람만이

(   ) 이 세상 작은 이름 하나라도

(   ) 이제는 푸성귀 잎에 내리는 이슬처럼

(   ) 고통도 쓰다듬으면 보석이 된다고

(   ) 그들이 내 친구라고

(   ) 나는 얼마나 오래 악보 없는 노래로 불러왔던가

(   ) 나는 얼마나 오래 여린 말로 노래했던가

(   ) 세상은 적이 아니라고

(   ) 이 세상 가장 여린 것, 가장 작은 것

(   ) 이름만 불러도 눈물겨운 것

(   ) 그들 위해 나는 오늘도 한술 밥, 한 쌍 수저

(   ) 내 걸어갈 동안은 세상은 나의 벗

(   ) 내 수첩에 기록되어 있는 모음이 아름다운 사람의 이름들

(   ) 내 쌀 씻어 놀 같은 저녁밥 지으며

(   ) 마음 끝에 닿으면 등불이 되는

(   ) 식탁 위에 올린다

(   ) 이 세상 작은 이름 하나를 위해

(   ) 잊혀지면 안식이 되고

5. 6. 2. 4. 8. 3. 1. 7 / 2. 6. 3. 7. 1. 4. 5 / 3. 1. 2. 8. 6. 4. 7. 5

1. [이][세][상] 작은 [이][름] 하나라도

2. [ ][ ] 끝에 닿으면 [ ][ ]이 된다

3. [ ][ ] 만큼 아파 본 [ ][ ]만이

4. [ ][ ]과 [ ][ ]도 가꿀 줄 안다

5. [ ] 한때 너무 멀어서 못 만난 [ ][ ]

6. [ ][ ] 낯설어 가까이 못 간 [ ][ ]도

7. [ ][ ][ ][ ][ ][ ] 잎에 내리는 [ ][ ]처럼

8. [ ][ ]에 씻어 [ ][ ][ ] 위에 얹는다

9. [ ][ ]은 [ ]이 아니라고

10. [ ][ ]도 쓰다듬으면 [ ][ ]이 된다고

11. [ ][ ] 얼마나 오래 [ ][ ] 없는 [ ][ ]로 불러왔던가

12. [ ][ ] 가장 여린 것, 가장 작은 것

13. [ ] 만 불러도 [ ][ ] 겨운 것

14. [ ][ ][ ][ ] 라고

15. [ ] 얼마나 오래 여린 말로 [ ][ ] 했던가

16. [ ] 걸어갈 동안은 [ ][ ]은 나의 [ ]

17. [ ][ ][ ]에 기록되어 있는 [ ][ ]이 아름다운 [ ][ ]의 [ ][ ]들

18. [ ] 위해 나는 오늘도 [ ][ ][ ][ ], [ ][ ][ ][ ]

19. [ ] 위에 올린다

20. [ ][ ][ ][ ][ ] 이 되고

21. [ ] 끝에 닿으면 [ ][ ]이 되는

22. [ ][ ] 작은 [ ][ ] 하나를 위해

23. [ ][ ] 씻어 놀 같은 [ ][ ][ ] 지으며

06

작은 이름 하나라도

1. 이 세상 작 은 이름 하 나 라 도

2. 마음 ☐☐ ☐☐☐ 등불이 된다

3. ☐☐ ☐☐ 아파 본 ☐☐☐☐

4. 망각과 폐허도 ☐☐☐ 안다

5. 내 한때 ☐☐ ☐☐☐ 못 ☐☐ 허무

6. ☐☐ 낯설어 ☐☐ 못 간 이념도

7. ☐☐☐ 푸성귀 잎에 ☐☐☐ 이슬처럼

8. 불빛에 ☐☐ 손바닥 위에 ☐☐☐

9. 세상은 적이 ☐☐☐☐

10. 고통도 ☐☐☐☐☐ 보석이 ☐☐☐

11. 나는 ☐☐☐ ☐☐ 악보 없는 노래로 ☐☐☐☐☐☐

12. 이 세상 ☐☐ ☐☐ 것, 가장 ☐☐ 것

13. 이름만 ☐☐☐ ☐☐☐☐ 것

14. ☐☐☐ 내 친구라고

15. 나는 ☐☐☐ ☐☐☐ 여린 말로 노래했던가

16. 내 ☐☐☐ 동안은 세상은 나의 벗

17. 내 수첩에 ☐☐☐☐ 있는 모음이 ☐☐☐☐ 사람의 이름들

18. 그들 ☐☐ 나는 ☐☐☐ 한술 밥, 한 쌍 수저

19. 식탁 위에 ☐☐☐

20. ☐☐☐☐☐ 안식이 ☐☐

21. 마음 ☐☐ ☐☐☐ 등불이 ☐☐

22. 이 세상 ☐☐ 이름 ☐☐☐ 위해

23. 내 쌀 ☐☐ 놀 ☐☐ 저녁밥 ☐☐☐

이 세상 작은 이름 하나라도

마음 끝에 닿으면 등불이 된다

아플 만큼 아파 본 사람만이

망각과 폐허도 가꿀 줄 안다

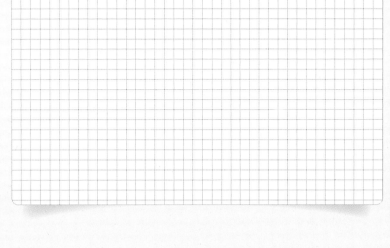

06

작은 이름 하나라도

내 한때 너무 멀어서 못 만난 허무

너무 낯설어 가까이 못 간 이념도

이제는 푸성귀 잎에 내리는 이슬처럼

불빛에 씻어 손바닥 위에 얹는다

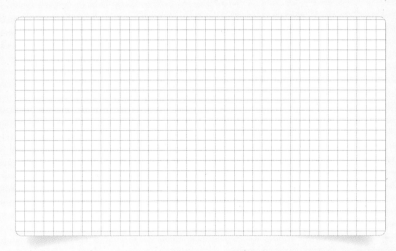

세상은 적이 아니라고

고통도 쓰다듬으면 보석이 된다고

나는 얼마나 오래 악보 없는 노래로 불러왔던가

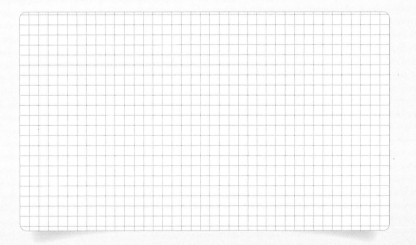

이 세상 가장 여린 것, 가장 작은 것

이름만 불러도 눈물겨운 것

그들이 내 친구라고

나는 얼마나 오래 여린 말로 노래했던가

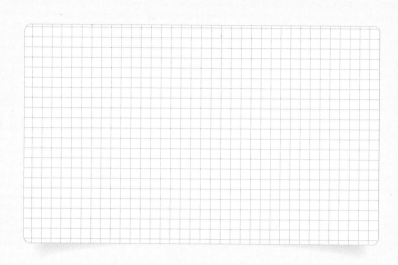

내 걸어갈 동안은 세상은 나의 벗

내 수첩에 기록되어 있는 모음이 아름다운 사람의 이름들

그들 위해 나는 오늘도 한술 밥, 한 쌍 수저

식탁 위에 올린다

잊혀지면 안식이 되고

마음 끝에 닿으면 등불이 되는

이 세상 작은 이름 하나를 위해

내 쌀 씻어 놀 같은 저녁밥 지으며

1. 이 세상 작은 이름 하나라도
2. | 마 | 음 | 끝 | 에 | | | 닿 | 으 | 면 | | | 등 | 불 | 이 | | | 된 | 다 | | | | | | | |
3. 아플 만큼 아파 본 사람만이
4. (빈칸)

5. 내 한때 너무 멀어서 못 만난 허무
6. (빈칸)

7. 이제는 푸성귀 잎에 내리는 이슬처럼
8. (빈칸)

9. 세상은 적이 아니라고
10. (빈칸)

11. 나는 얼마나 오래 악보 없는 노래로 불러왔던가
12. (빈칸)

13. 이름만 불러도 눈물겨운 것
14. (빈칸)

15. 나는 얼마나 오래 여린 말로 노래했던가
16. (빈칸)

17. 내 수첩에 기록되어 있는 모음이 아름다운 사람의 이름들
18. (빈칸)

19. 식탁 위에 올린다
20. (빈칸)

21. 마음 끝에 닿으면 등불이 되는
22. (빈칸)

23. 내 쌀 씻어 놀 같은 저녁밥 지으며

1. | 이 | | 세 | 상 | | 작 | 은 | | 이 | 름 | | 하 | 나 | 라 | 도 | | | | | | | | |

2. 마음 끝에 닿으면 등불이 된다

3.

4. 망각과 폐허도 가꿀 줄 안다

5.

6. 너무 낯설어 가까이 못 간 이념도

7.

8. 불빛에 씻어 손바닥 위에 얹는다

9.

10. 고통도 쓰다듬으면 보석이 된다고

11.

12. 이 세상 가장 여린 것, 가장 작은 것

13.

14. 그들이 내 친구라고

15.

16. 내 걸어갈 동안은 세상은 나의 벗

17.

18. 그들 위해 나는 오늘도 한술 밥, 한 쌍 수저

19.

20. 잊혀지면 안식이 되고

21.

22. 이 세상 작은 이름 하나를 위해

23.

1. 이 　 세 상
2. 마 음
3. 아 플
4. 망 각 과

5. 내
6. 너 무
7. 이 제 는
8. 불 빛 에

9. 세 상 은
10. 고 통 도
11. 나 는

12. 이 　 세 상
13. 이 름 만
14. 그 들 이
15. 나 는

16. 내 　 걸 어 갈
17. 내 　 수 첩 에

18. 그 들 　 위 해
19. 식 탁

20. 잊 혀 지 면
21. 마 음
22. 이 　 세 상
23. 내 　 쌀

07

슬픔이 기쁨에게

정호승

『슬픔이 기쁨에게』 정호승 (창비, 1993.07.30. 개정판 2014.12.01)

슬픔이 기쁨에게

― 정호승

1. 나는 이제 너에게도 슬픔을 주겠다.

2. 사랑보다 소중한 슬픔을 주겠다.

3. 겨울밤 거리에서 귤 몇개 놓고

4. 살아온 추위와 떨고 있는 할머니에게

5. 귤값을 깎으면서 기뻐하던 너를 위하여

6. 나는 슬픔의 평등한 얼굴을 보여 주겠다.

7. 내가 어둠 속에서 너를 부를 때

8. 단 한번도 평등하게 웃어주질 않은

9. 가마니에 덮인 동사자가 다시 얼어 죽을 때

10. 가마니 한 장조차 덮어주지 않은

11. 무관심한 너의 사랑을 위해

12. 흘릴 줄 모르는 너의 눈물을 위해

13. 나는 이제 너에게도 기다림을 주겠다.

14. 이 세상에 내리던 함박눈을 멈추겠다.

15. 보리밭에 내리던 봄눈들을 데리고

16. 추워 떠는 사람들의 슬픔에게 다녀와서

눈 그친 눈길을 너와 함께 걷겠다.

슬픔의 힘에 대한 이야길 하며

기다림의 슬픔까지 걸어가겠다.

07

슬픔이 기쁨에게

시의 행이나 연의 첫 글자를 활용하여 이야기를 만들어 보세요. 꼭 어법에 맞을 필요는 없으며 기억하기 좋은 이야기면 됩니다. 재미있고 쉽게 기억할 수 있는 자신만의 이야기를 만들어 보세요. 가장 좋은 방법은 시의 행이나 연의 첫 글자를 이용하여 본인이 직접 자신만의 스토리를 만들어 암기하는 것입니다.

행의 첫 글자

나 사 겨 살 귤 나 / 내 단 가 가 무 흘 나 / 이 보 추 눈 슬 기

예시1 **나사**에서 **겨**우**살**이 하는 **귤이나** / **내 단가가 무흘리나** / **이 배(보)추 눈쓸기** 바빠

● 예시글 혹은 본인이 만든 이야기를 생각하면서 첫 글자를 써보세요.

● 다음 행의 첫 글자를 보고 시를 암기해 보세요. 밑줄에는 핵심 단어 혹은 어구만 쓰세요.

나 _____	무 _____
사 _____	흘 _____
겨 _____	나 _____
살 _____	
귤 _____	이 _____
나 _____	보 _____
	추 _____
내 _____	눈 _____
단 _____	슬 _____
가 _____	기 _____
가 _____	

◎ 다음 시의 어구에 맞는 말을 찾아 잇고 암송하시오.

나는 이제 너에게도   · 굴 몇개 놓고

사랑보다   · 기뻐하던 너를 위하여

겨울밤 거리에서   · 떨고 있는 할머니에게

살아온 추위와   · 소중한 슬픔을 주겠다.

굴값을 깎으면서   · 슬픔을 주겠다.

나는 슬픔의 평등한   · 얼굴을 보여 주겠다.

- -

내가 어둠 속에서   · 기다림을 주겠다.

단 한번도 평등하게   · 너를 부를 때

가마니에 덮인   · 너의 눈물을 위해

가마니 한 장조차   · 너의 사랑을 위해

무관심한   · 덮어주지 않은

흘릴 줄 모르는   · 동사자가 다시 얼어 죽을 때

나는 이제 너에게도   · 웃어주질 않은

- -

이 세상에 내리던   · 걸어가겠다.

보리밭에 내리던   · 너와 함께 걷겠다.

추위 떠는 사람들의   · 봄눈들을 데리고

눈 그친 눈길을   · 슬픔에게 다녀와서

슬픔의 힘에 대한   · 이야길 하며

기다림의 슬픔까지   · 함박눈을 멈추겠다.

◦ (   )안에 순서대로 번호를 쓰고 읽어 보세요

(   ) 겨울밤 거리에서 귤 몇개 놓고

(   ) 귤값을 깎으면서 기뻐하던 너를 위하여

(   ) 나는 슬픔의 평등한 얼굴을 보여 주겠다.

(   ) 나는 이제 너에게도 슬픔을 주겠다.

(   ) 사랑보다 소중한 슬픔을 주겠다.

(   ) 살아온 추위와 떨고 있는 할머니에게

(   ) 가마니 한 장조차 덮어주지 않은

(   ) 가마니에 덮인 동사자가 다시 얼어 죽을 때

(   ) 나는 이제 너에게도 기다림을 주겠다.

(   ) 내가 어둠 속에서 너를 부를 때

(   ) 단 한번도 평등하게 웃어주질 않은

(   ) 무관심한 너의 사랑을 위해

(   ) 흘릴 줄 모르는 너의 눈물을 위해

(   ) 기다림의 슬픔까지 걸어가겠다.

(   ) 눈 그친 눈길을 너와 함께 걷겠다.

(   ) 보리밭에 내리던 봄눈들을 데리고

(   ) 슬픔의 힘에 대한 이야길 하며

(   ) 이 세상에 내리던 함박눈을 멈추겠다.

(   ) 추워 떠는 사람들의 슬픔에게 다녀와서

1. 나 는 이제 너에게도 슬 픔 을 주겠다.

2. □□□□ 소중한 □□을 주겠다.

3. □□□ 거리에서 □ 몇개 놓고

4. □□□ 추위와 떨고 있는 □□□에게

5. □□□ 깎으면서 기뻐하던 □를 위하여

6. □□ □□의 □□한 □□을 보여 주겠다.

7. □□ □□ 속에서 너를 부를 때

8. □ 한번도 □□하게 웃어주질 않은

9. □□□□ 덮인 □□□가 다시 얼어 죽을 때

10. □□ 한 장조차 덮어주지 않은

11. □□□□ 너의 사랑을 위해

12. □□ 줄 모르는 너의 □□을 위해

13. □ 이제 너에게도 □□□을 주겠다.

14. □ 세상에 내리던 □□□을 멈추겠다.

15. □□□□ 내리던 □□들을 데리고

16. □ 떠는 □□□의 □□에게 다녀와서

17. □ 그친 □□을 너와 함께 걷겠다.

18. □□□ 힘에 대한 이야길 하며

19. □□□□□ □□까지 걸어가겠다.

슬픔이 기쁨에게

1. 나는 이 제 너 에 게 도 슬픔을 주겠다.

2. 사랑보다 □□□ 슬픔을 □□□.

3. 겨울밤 □□□□ 귤 몇개 □□

4. 살아온 □□□ □□ □□ 할머니에게

5. 귤값을 □□□□ □□□□ 너를 위하여

6. 나는 슬픔의 평등한 얼굴을 □□ □□□.

7. 내가 어둠 □□□ 너를 □□ □

8. 단 한번도 평등하게 □□□□□ □□

9. 가마니에 □□ 동사자가 □□ □□ □□ 때

10. 가마니 한 □□□ □□□□ 않은

11. 무관심한 □□ 사랑을 □□

12. 흘릴 줄 □□□ 너의 눈물을 □□

13. 나는 □□ □□□□ 기다림을 주겠다.

14. 이 세상에 □□□ 함박눈을 □□□□.

15. 보리밭에 □□□ 봄눈들을 □□□

16. 추위 □□ 사람들의 슬픔에게 □□□□

17. 눈 □□ 눈길을 □□ □□ □□□.

18. 슬픔의 □□ 대한 □□□ 하며

19. 기다림의 슬픔까지 □□□□□.

나는 이제 너에게도 슬픔을 주겠다.
사랑보다 소중한 슬픔을 주겠다.
겨울밤 거리에서 귤 몇개 놓고
살아온 추위와 떨고 있는 할머니에게
귤값을 깎으면서 기뻐하던 너를 위하여
나는 슬픔의 평등한 얼굴을 보여 주겠다.

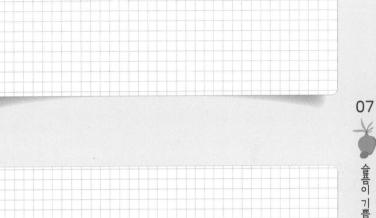

07

슬픔이 기쁨에게

내가 어둠 속에서 너를 부를 때
단 한번도 평등하게 웃어주질 않은
가마니에 덮인 동사자가 다시 얼어 죽을 때
가마니 한 장조차 덮어주지 않은
무관심한 너의 사랑을 위해
흘릴 줄 모르는 너의 눈물을 위해
나는 이제 너에게도 기다림을 주겠다.

이 세상에 내리던 함박눈을 멈추겠다.
보리밭에 내리던 봄눈들을 데리고
추워 떠는 사람들의 슬픔에게 다녀와서
눈 그친 눈길을 너와 함께 걷겠다.
슬픔의 힘에 대한 이야길 하며
기다림의 슬픔까지 걸어가겠다.

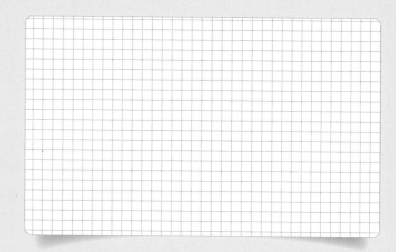

1. 나는 이제 너에게도 슬픔을 주겠다.

2.

| 사 | 랑 | 보 | 다 | | 소 | 중 | 한 | | 슬 | 픔 | 을 | | 주 | 겠 | 다 | . | | | | | | | | | |

3. 겨울밤 거리에서 귤 몇개 놓고

4.

5. 귤값을 깎으면서 기뻐하던 너를 위하여

6.

7. 내가 어둠 속에서 너를 부를 때

8.

9. 가마니에 덮인 동사자가 다시 얼어 죽을 때

10.

11. 무관심한 너의 사랑을 위해

12.

13. 나는 이제 너에게도 기다림을 주겠다.

14.

15. 보리밭에 내리던 봄눈들을 데리고

16.

17. 눈 그친 눈길을 너와 함께 걷겠다.

18.

19. 기다림의 슬픔까지 걸어가겠다.

07

슬픔이 기쁨에게

105

1. | 나 | 는 | | 이 | 제 | | 너 | 에 | 게 | 도 | | 슬 | 픔 | 을 | | 주 | 겠 | 다 | . | | | | | |

2. 사랑보다 소중한 슬픔을 주겠다.

3. | | | | | | | | | | | | | | | | | | | | | | | |

4. 살아온 추위와 떨고 있는 할머니에게

5. | | | | | | | | | | | | | | | | | | | | | | | |

6. 나는 슬픔의 평등한 얼굴을 보여 주겠다.

7. | | | | | | | | | | | | | | | | | | | | | | | |

8. 단 한번도 평등하게 웃어주질 않은

9. | | | | | | | | | | | | | | | | | | | | | | | |

10. 가마니 한 장조차 덮어주지 않은

11. | | | | | | | | | | | | | | | | | | | | | | | |

12. 흘릴 줄 모르는 너의 눈물을 위해

13. | | | | | | | | | | | | | | | | | | | | | | | |

14. 이 세상에 내리던 함박눈을 멈추겠다.

15. | | | | | | | | | | | | | | | | | | | | | | | |

16. 추위 떠는 사람들의 슬픔에게 다녀와서

17. | | | | | | | | | | | | | | | | | | | | | | | |

18. 슬픔의 힘에 대한 이야길 하며

19. | | | | | | | | | | | | | | | | | | | | | | | |

1. 나는
2. 사랑보다
3. 겨울밤
4. 살아온
5. 귤값을
6. 나는
7. 내가
8. 단
9. 가마니에
10. 가마니
11. 무관심한
12. 흘릴
13. 나는
14. 이
15. 보리밭에
16. 추워
17. 눈
18. 슬픔의
19. 기다림의

07

슬픔이 기쁨에게

필사 하기 암기 확인

08

상한 영혼을 위하여

고정희

『이 시대의 아벨』 고정희 (문학과 지성사, 2019.11.15.)

상한 영혼을 위하여
― 고정희

1. 상한 갈대라도 하늘 아래선

2. 한 계절 넉넉히 흔들리거니

3. 뿌리 깊으면야

4. 밑둥 잘리어도 새순은 돋거니

5. 충분히 흔들리자 상한 영혼이여

6. 충분히 흔들리며 고통에게로 가자

7. 뿌리 없이 흔들리는 부평초 잎이라도

8. 물 고이면 꽃은 피거니

9. 이 세상 어디서나 개울은 흐르고

10. 이 세상 어디서나 등불은 켜지듯

11. 가자 고통이여 살 맞대고 가자

12. 외롭기로 작정하면 어딘들 못 가랴

13. 가기로 목숨 걸면 지는 해가 문제랴

14. 고통과 설움의 땅 훨훨 지나서

15. 뿌리 깊은 벌판에 서자

16. 두 팔로 막아도 바람은 불듯

17. 영원한 눈물이란 없느니라

18. 영원한 비탄이란 없느니라

19. 캄캄한 밤이라도 하늘 아래선

20. 마주 잡을 손 하나 오고 있거니

08

상한 영혼을 위하여

시의 행이나 연의 첫 글자를 활용하여 이야기를 만들어 보세요. 꼭 어법에 맞을 필요는 없으며 기억하기 좋은 이야기면 됩니다. 재미있고 쉽게 기억할 수 있는 자신만의 이야기를 만들어 보세요. 가장 좋은 방법은 시의 행이나 연의 첫 글자를 이용하여 본인이 직접 자신만의 스토리를 만들어 암기하는 것입니다.

행의 첫 글자

상 한 뿌 밑 충 충 / 뿌 물 이 이 가 외 가 / 고 뿌 두 영 영 / 캄 마

예시1 상한뿌리밑에충충 / 뿌리물이~가지 참외로가 / 고뿌도 영영 / 캄마

● 예시글 혹은 본인이 만든 이야기를 생각하면서 첫 글자를 써보세요.

● 다음 행의 첫 글자를 보고 시를 암기해 보세요. 밑줄에는 핵심 단어 혹은 어구만 쓰세요.

상 _____	고 _____
한 _____	뿌 _____
뿌 _____	두 _____
밑 _____	영 _____
충 _____	영 _____
충 _____	
	캄 _____
뿌 _____	마 _____
물 _____	
이 _____	
이 _____	
가 _____	
외 _____	
가 _____	

순서 정렬하기 ① STEP 04

●다음 시의 어구에 맞는 말을 찾아 잇고 암송하시오.

상한 길대라도 · · 고통에게로 가자
한 계절 넉넉히 · · 깊으면야
뿌리 · · 상한 영혼이여
밑둥 잘리어도 · · 새순은 돋거니
충분히 흔들리자 · · 하늘 아래선
충분히 흔들리며 · · 흔들리거니

뿌리 없이 흔들리는 · · 개울은 흐르고
물 고이면 · · 꽃은 피거니
이 세상 어디서나 · · 등불은 켜지듯
이 세상 어디서나 · · 부평초 잎이라도
가자 고통이여 · · 살 맞대고 가자
외롭기로 작정하면 · · 어딘들 못 가랴
가기로 목숨 걸면 · · 지는 해가 문제랴

고통과 설움의 · · 눈물이란 없느니라
뿌리 깊은 · · 땅 훨훨 지나서
두 팔로 막아도 · · 바람은 불듯
영원한 · · 벌판에 서자
영원한 · · 비탄이란 없느니라
캄캄한 밤이라도 · · 손 하나 오고 있거니
마주 잡을 · · 하늘 아래선

08 상한 영혼들을 위하여

113

○ (   )안에 순서대로 번호를 쓰고 읽어 보세요

(   ) 밑둥 잘리어도 새순은 돋거니

(   ) 뿌리 깊으면야

(   ) 상한 갈대라도 하늘 아래선

(   ) 충분히 흔들리며 고통에게로 가자

(   ) 충분히 흔들리자 상한 영혼이여

(   ) 한 계절 넉넉히 흔들리거니

(   ) 가기로 목숨 걸면 지는 해가 문제랴

(   ) 가자 고통이여 살 맞대고 가자

(   ) 물 고이면 꽃은 피거니

(   ) 뿌리 없이 흔들리는 부평초 잎이라도

(   ) 외롭기로 작정하면 어딘들 못 가랴

(   ) 이 세상 어디서나 개울은 흐르고

(   ) 이 세상 어디서나 등불은 켜지듯

(   ) 고통과 설움의 땅 훨훨 지나서

(   ) 두 팔로 막아도 바람은 불듯

(   ) 뿌리 깊은 벌판에 서자

(   ) 영원한 눈물이란 없느니라

(   ) 영원한 비탄이란 없느니라

(   ) 마주 잡을 손 하나 오고 있거니

(   ) 캄캄한 밤이라도 하늘 아래선

4. 3. 1. 6. 5. 2 / 7. 5. 2. 1. 6. 3. 4 / 1. 3. 2. 4. 5. 7. 6

1. 상 한 갈 대 라도 하 늘 아래선
2. □□□ 넉넉히 흔들리거니
3. □□ 깊으면야
4. □□ 잘리어도 □□은 돋거니
5. □□□ 흔들리자 상한 □□이여
6. □□□ 흔들리며 □□에게로 가자
7. □□ 없이 흔들리는 □□□ □이라도
8. □ 고이면 □은 피거니
9. □□□ 어디서나 □□은 흐르고
10. □□□ 어디서나 □□은 켜지듯
11. □□□□이여 □ 맞대고 가자
12. □□□□ □□하면 어딘들 못 가랴
13. □□□□ □□ 걸면 지는 □가 □□랴
14. □□과 □□의 □ 훨훨 지나서
15. □□ 깊은 □□에 서자
16. □ 팔로 막아도 □□은 불듯
17. □□□ □□이란 없느니라
18. □□□ □□이란 없느니라
19. □□□ □이라도 □□ 아래선
20. □□ 잡을 □ 하나 오고 있거니

08
상한 영혼을 위하여

115

1. 상 한 갈대라도 하늘 아 래 선 ☐
2. 한 계절 ☐☐☐ ☐☐☐☐☐
3. 뿌리 ☐☐☐☐
4. 밑둥 ☐☐☐☐ 새순은 ☐☐☐
5. 충분히 ☐☐☐☐ ☐☐ 영혼이여
6. ☐☐☐ 흔들리며 고통 ☐☐☐ 가자

7. 뿌리 ☐☐ 흔들리는 부평초 ☐☐☐☐
8. 물 ☐☐☐ 꽃은 ☐☐☐
9. 이 세상 ☐☐☐☐ 개울은 ☐☐☐
10. 이 세상 어디서나 등불은 ☐☐☐
11. ☐☐ 고통이여 살 ☐☐☐ 가자
12. ☐☐☐☐ 작정하면 ☐☐☐ 못☐☐
13. ☐☐☐ 목숨 ☐☐ ☐☐ 해가 문제랴

14. 고통과 설움의 땅 ☐☐ ☐☐☐
15. 뿌리 ☐☐ 벌판에 ☐☐
16. 두 팔로 ☐☐☐ 바람은 ☐☐

17. 영원한 눈물이란 ☐☐☐☐
18. ☐☐☐ 비탄이란 없느니라
19. ☐☐☐ 밤이라도 하늘 ☐☐☐
20. ☐☐ 잡을 손 하나 ☐☐ ☐☐☐

상한 갈대라도 하늘 아래선

한 계절 넉넉히 흔들리거니

뿌리 깊으면야

밑둥 잘리어도 새순은 돋거니

충분히 흔들리자 상한 영혼이여

충분히 흔들리며 고통에게로 가자

뿌리 없이 흔들리는 부평초 잎이라도

물 고이면 꽃은 피거니

이 세상 어디서나 개울은 흐르고

이 세상 어디서나 등불은 켜지듯

가자 고통이여 살 맞대고 가자

외롭기로 작정하면 어딘들 못 가랴

가기로 목숨 걸면 지는 해가 문제랴

고통과 설움의 땅 훨훨 지나서

뿌리 깊은 벌판에 서자

두 팔로 막아도 바람은 불듯

영원한 눈물이란 없느니라

영원한 비탄이란 없느니라

08

상한 영혼을 위하여

캄캄한 밤이라도 하늘 아래선

마주 잡을 손 하나 오고 있거니

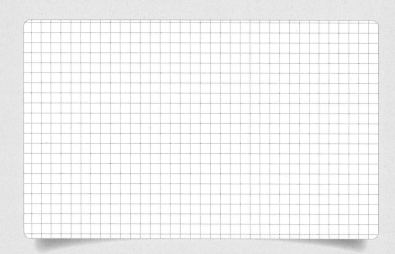

1. 상한 갈대라도 하늘 아래선

2. | 한 | | 계 | 절 | | 넉 | 넉 | 히 | | 흔 | 들 | 리 | 거 | 니 | | | | | | | | | | | | | |

3. 뿌리 깊으면야

4. | | | | | | | | | | | | | | | | | | | | | | | | | | | |

5. 충분히 흔들리자 상한 영혼이여

6. | | | | | | | | | | | | | | | | | | | | | | | | | | | |

7. 뿌리 없이 흔들리는 부평초 잎이라도

8. | | | | | | | | | | | | | | | | | | | | | | | | | | | |

9. 이 세상 어디서나 개울은 흐르고

10. | | | | | | | | | | | | | | | | | | | | | | | | | | | |

11. 가자 고통이여 살 맞대고 가자

12. | | | | | | | | | | | | | | | | | | | | | | | | | | | |

13. 가기로 목숨 걸면 지는 해가 문제랴

14. | | | | | | | | | | | | | | | | | | | | | | | | | | | |

15. 뿌리 깊은 벌판에 서자

16. | | | | | | | | | | | | | | | | | | | | | | | | | | | |

17. 영원한 눈물이란 없느니라

18. | | | | | | | | | | | | | | | | | | | | | | | | | | | |

19. 캄캄한 밤이라도 하늘 아래선

20. | | | | | | | | | | | | | | | | | | | | | | | | | | | |

08

상한 영혼을 위하여

1. | 상 | 한 | | 갈 | 대 | 라 | 도 | | 하 | 늘 | | 아 | 래 | 선 | | | | | | | | | | |

2. 한 계절 넉넉히 흔들리거니

3. (빈칸)

4. 밑동 잘리어도 새순은 돋거니

5. (빈칸)

6. 충분히 흔들리며 고통에게로 가자

7. (빈칸)

8. 물 고이면 꽃은 피거니

9. (빈칸)

10. 이 세상 어디서나 등불은 켜지듯

11. (빈칸)

12. 외롭기로 작정하면 어딘들 못 가랴

13. (빈칸)

14. 고통과 설움의 땅 훨훨 지나서

15. (빈칸)

16. 두 팔로 막아도 바람은 불듯

17. (빈칸)

18. 영원한 비탄이란 없느니라

19. (빈칸)

20. 마주 잡을 손 하나 오고 있거니

1.	상	한																		
2.	한		계	절																
3.	뿌	리																		
4.	밑	둥																		
5.	충	분	히																	
6.	충	분	히																	
7.	뿌	리																		
8.	물																			
9.	이		세	상																
10.	이		세	상																
11.	가	자																		
12.	외	롭	기	로																
13.	가	기	로																	
14.	고	통	과																	
15.	뿌	리																		
16.	두		팔	로																
17.	영	원	한																	
18.	영	원	한																	
19.	캄	캄	한																	
20.	마	주																		

08

상한 영혼을 위하여

09

쉽게 쓰여진 시

윤동주

『윤동주 전집1』 윤동주 (문학과 지성사, 2004.07.14.)

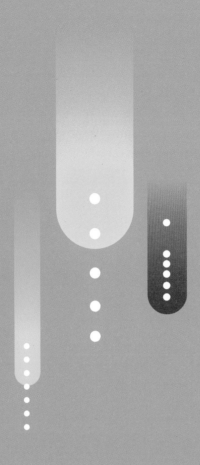

쉽게 씌어진 시

— 윤동주

1. 창밖에 밤비가 속살거려

2. 육첩방(六疊房)은 남의 나라,

3. 시인이란 슬픈 천명(天命)인 줄 알면서도

4. 한 줄 시를 적어 볼까,

5. 땀내와 사랑내 포근히 품긴

6. 보내 주신 학비 봉투를 받아

7. 대학 노─트를 끼고

8. 늙은 교수의 강의 들으러 간다.

9. 생각해 보면 어린 때 동무들

10. 하나, 둘, 죄다 잃어 버리고

11. 나는 무얼 바라

12. 나는 다만, 홀로 침전(沈澱)하는 것일까?

13. 인생은 살기 어렵다는데

14. 시가 이렇게 쉽게 씌어지는 것은

15. 부끄러운 일이다.

16. 육첩방(六疊房)은 남의 나라

17. 창밖에 밤비가 속살거리는데,

18. 등불을 밝혀 어둠을 조금 내몰고

19. 시대처럼 올 아침을 기다리는 최후의 나,

20. 나는 나에게 작은 손을 내밀어

눈물과 위안으로 잡는 최초의 악수.

09

쉽게 씌어진 시

시의 첫 음 순서 암기하기

시의 행이나 연의 첫 글자를 활용하여 이야기를 만들어 보세요. 꼭 어법에 맞을 필요는 없으며 기억하기 좋은 이야기면 됩니다. 재미있고 쉽게 기억할 수 있는 자신만의 이야기를 만들어 보세요. 가장 좋은 방법은 시의 행이나 연의 첫 글자를 이용하여 본인이 직접 자신만의 스토리를 만들어 암기하는 것입니다.

연의 첫 글자

창 시 땀 대 생 나 인 육 등 나

예시1 창시땀은 대생나 인육등(에서) 나

● 예시글 혹은 본인이 만든 이야기를 생각하면서 첫 글자를 써보세요.

● 다음 행의 첫 글자를 보고 시를 암기해 보세요. 밑줄에는 핵심 단어 혹은 어구만 쓰세요.

창	나
시	인
땀	육
대	등
생	나

● 다음 시의 어구에 맞는 말을 찾아 잇고 암송하시오.

창밖에 · · 강의 들으러 간다.

육첩방은 · · 남의 나라,

시인이란 슬픈 · · 노-트를 끼고

한 줄 시를 · · 밤비가 속살거려

땀내와 사랑내 · · 적어 볼까,

보내 주신 · · 천명인 줄 알면서도

대학 · · 포근히 품긴

늙은 교수의 · · 학비 봉투를 받아

쉽게 씌어진 시

생각해 보면 · · 무얼 바라

하나, 둘, · · 살기 어렵다는데

나는 · · 쉽게 씌어지는 것은

나는 다만, · · 어린 때 동무들

인생은 · · 일이다.

시가 이렇게 · · 죄다 잃어 버리고

부끄러운 · · 홀로 침전하는 것일까?

육첩방은 · · 기다리는 최후의 나,

창밖에 밤비가 · · 남의 나라

등불을 밝혀 · · 속살거리는데,

시대처럼 올 아침을 · · 어둠을 조금 내몰고

나는 나에게 · · 작은 손을 내밀어

눈물과 위안으로 잡는 · · 최초의 악수.

○ (   )안에 순서대로 번호를 쓰고 읽어 보세요

(   ) 늙은 교수의 강의 들으러 간다.

(   ) 대학 노-트를 끼고

(   ) 땀내와 사랑내 포근히 품긴

(   ) 보내 주신 학비 봉투를 받아

(   ) 생각해 보면 어린 때 동무들

(   ) 시인이란 슬픈 천명(天命)인 줄 알면서도

(   ) 육첩방(六疊房)은 남의 나라,

(   ) 창밖에 밤비가 속살거려

(   ) 하나, 둘, 죄다 잃어 버리고

(   ) 한 줄 시를 적어 볼까,

- -

(   ) 나는 나에게 작은 손을 내밀어

(   ) 나는 다만, 홀로 침전(沈澱)하는 것일까?

(   ) 나는 무얼 바라

(   ) 눈물과 위안으로 잡는 최초의 악수.

(   ) 등불을 밝혀 어둠을 조금 내몰고

(   ) 부끄러운 일이다.

(   ) 시가 이렇게 쉽게 씌어지는 것은

(   ) 시대처럼 올 아침을 기다리는 최후의 나,

(   ) 육첩방(六疊房)은 남의 나라

(   ) 인생은 살기 어렵다는데

(   ) 창밖에 밤비가 속살거리는데,

1. 창 밖 에 밤 비 가 속살거려

2. ☐☐☐☐ 남의 ☐☐,

3. ☐☐☐☐ 슬픈 ☐☐ 인 줄 알면서도

4. ☐☐☐ 를 적어 볼까,

5. ☐☐☐ 사랑내 포근히 품긴

6. ☐☐ 주신 ☐☐ ☐☐ 를 받아

7. ☐☐ 노-트를 끼고

8. ☐☐ ☐☐ 의 ☐☐ 들으러 간다.

9. ☐☐☐ 보면 어린 때 ☐☐ 들

10. ☐☐, 둘, 죄다 잃어 버리고

11. ☐☐ 무얼 바라

12. ☐☐ 다만, 홀로 ☐☐ 하는 것일까?

13. ☐☐☐ 살기 어렵다는데

14. ☐☐ 이렇게 쉽게 씌어지는 것은

15. ☐☐☐☐ 일이다.

16. ☐☐☐☐ 남의 ☐☐

17. ☐☐☐ ☐☐ 가 속살거리는데,

18. ☐☐☐ 밝혀 ☐☐ 을 조금 내몰고

19. ☐☐☐☐ 올 ☐☐ 을 기다리는 ☐☐ 의 나,

20. ☐☐ 나에게 작은 손을 내밀어

21. ☐☐☐ ☐☐ 으로 잡는 최초의 ☐☐.

쉽게 씌어진 시

1. 창밖에 밤비가 [속][살][거][려]

2. 육첩방은 [ ][ ] 나라,

3. 시인이란 [ ][ ] 천명인 줄 [ ][ ][ ][ ]

4. 한 줄 시를 [ ][ ] 볼까,

5. 땀내와 사랑내 [ ][ ][ ] [ ][ ]

6. [ ][ ] 주신 학비 봉투를 [ ][ ]

7. 대학 노-트를 [ ][ ]

8. 늙은 교수의 강의 들으러 간다.

9. 생각해 [ ][ ] [ ][ ] 때 동무들

10. 하나, 둘, [ ][ ] [ ][ ] 버리고

11. 나는 무얼 [ ][ ]

12. 나는 [ ][ ], [ ][ ] 침전하는 것일까?

13. 인생은 살기 [ ][ ][ ][ ][ ]

14. 시가 이렇게 [ ][ ] 씌어지는 [ ][ ]

15. 부끄러운 일이다.

16. 육첩방은 남의 나라

17. 창밖에 밤비가 [ ][ ][ ][ ][ ][ ],

18. 등불을 밝혀 어둠을 [ ][ ] 내몰고

19. [ ][ ][ ][ ] 올 아침을 기다리는 최후의 나,

20. 나는 나에게 [ ][ ] 손을 [ ][ ][ ]

21. 눈물과 위안으로 [ ][ ] 최초의 악수.

창밖에 밤비가 속살거려
육첩방은 남의 나라,

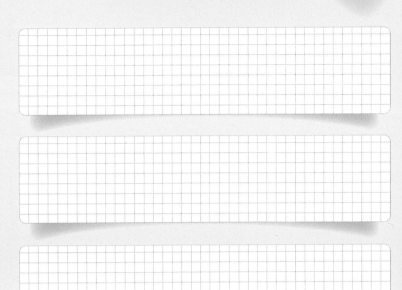

시인이란 슬픈 천명인 줄 알면서도
한 줄 시를 적어 볼까,

땀내와 사랑내 포근히 품긴
보내 주신 학비 봉투를 받아

09

쉽게 씌어진 시

대학 노-트를 끼고
늙은 교수의 강의 들으러 간다.

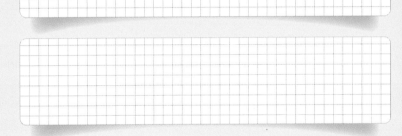

생각해 보면 어린 때 동무들
하나, 둘, 죄다 잃어 버리고

나는 무얼 바라
나는 다만, 홀로 침전하는 것일까?

인생은 살기 어렵다는데
시가 이렇게 쉽게 씌어지는 것은
부끄러운 일이다.

육첩방은 남의 나라
창밖에 밤비가 속살거리는데,

등불을 밝혀 어둠을 조금 내몰고
시대처럼 올 아침을 기다리는 최후의 나,

나는 나에게 작은 손을 내밀어
눈물과 위안으로 잡는 최초의 악수.

1. 창밖에 밤비가 속살거려

2. 육 첩 방 은 　 남 의 　 나 라 , 　 　 　 　 　 　 　 　 　 　 　 　 　 　 　 　 　

3. 시인이란 슬픈 천명인 줄 알면서도

4.

5. 땀내와 사랑내 포근히 품긴

6.

7. 대학 노-트를 끼고

8.

9. 생각해 보면 어린 때 동무들

10.

11. 나는 무얼 바라

12.

13. 인생은 살기 어렵다는데

14.

15. 부끄러운 일이다.

16. 육첩방은 남의 나라

17.

18. 등불을 밝혀 어둠을 조금 내몰고

19.

20. 나는 나에게 작은 손을 내밀어

21.

1. 창 밖 에 밤 비 가 속 살 거 려

2. 육첩방은 남의 나라,

3.

4. 한 줄 시를 적어 볼까,

5.

6. 보내 주신 학비 봉투를 받아

7.

8. 늙은 교수의 강의 들으러 간다.

9.

10. 하나, 둘, 죄다 잃어 버리고

11.

12. 나는 다만, 홀로 침전하는 것일까?

13.

14. 시가 이렇게 쉽게 씌어지는 것은

15. 부끄러운 일이다.

16.

17. 창밖에 밤비가 속살거리는데,

18.

19. 시대처럼 올 아침을 기다리는 최후의 나,

20.

21. 눈물과 위안으로 잡는 최초의 악수.

1. 창밖에
2. 육첩방은

3. 시인이란
4. 한　줄

5. 땀내와
6. 보내

7. 대학
8. 늙은

9. 생각해
10. 하나,

11. 나는
12. 나는　다만,

13. 인생은
14. 시가　이렇게
15. 부끄러운

16. 육첩방은
17. 창밖에

18. 등불을
19. 시대처럼

20. 나는
21. 눈물과

10

나와 나타샤와 흰 당나귀

백석

『정본 백석 시집』(개정판) 백석 (문학동네, 2020.01.30.)

나와 나타샤와 흰 당나귀

— 백석

1. 가난한 내가

2. 아름다운 나타샤를 사랑해서

3. 오늘밤은 푹푹 눈이 나린다

4. 나타샤를 사랑은 하고

5. 눈은 푹푹 날리고

6. 나는 혼자 쓸쓸히 앉어 소주를 마신다

7. 소주를 마시며 생각한다

8. 나타샤와 나는

9. 눈이 푹푹 쌓이는 밤 흰 당나귀 타고

10. 산골로 가자 출출이 우는 깊은 산골로 가 마가리에 살자

11. 눈은 푹푹 나리고

12. 나는 나타샤를 생각하고

13. 나타샤가 아니올 리 없다

14. 언제 벌써 내 속에 고조곤히 와 이야기한다

15. 산골로 가는 것은 세상한테 지는 것이 아니다

16. 세상 같은 건 더러워 버리는 것이다

17. 눈은 푹푹 나리고

18. 아름다운 나타샤는 나를 사랑하고

19. 어데서 흰 당나귀도 오늘밤이 좋아서 응앙응앙 울을 것이다

10

나 와 나 타 샤 와 흰 당 나 귀

시의 첫 음 순서 암기하기

시의 행이나 연의 첫 글자를 활용하여 이야기를 만들어 보세요. 꼭 어법에 맞을 필요는 없으며 기억하기 좋은 이야기면 됩니다. 재미있고 쉽게 기억할 수 있는 자신만의 이야기를 만들어 보세요. 가장 좋은 방법은 시의 행이나 연의 첫 글자를 이용하여 본인이 직접 자신만의 스토리를 만들어 암기하는 것입니다.

행의 첫 글자

가 아 오 / 나 눈 나 소 나 눈 산 / 눈 나 나 언 산 세 / 눈 아 어

예시1 가난이 아름다운 오늘 / 나타샤눈을 보며 나는 소주나 타서 눈이 오는 산골로 가자 / 눈오면 나는 나타나 언산을 따뜻한 세상으로 / 눈아 어데오고 있니?

● 예시글 혹은 본인이 만든 이야기를 생각하면서 첫 글자를 써보세요.

● 다음 행의 첫 글자를 보고 시를 암기해 보세요. 밑줄에는 핵심 단어 혹은 어구만 쓰세요.

가 _____	눈 _____
아 _____	나 _____
오 _____	나 _____
나 _____	언 _____
눈 _____	산 _____
나 _____	세 _____
소 _____	눈 _____
나 _____	아 _____
눈 _____	어 _____
산 _____	

● 다음 시의 어구에 맞는 말을 찾아 잇고 암송하시오.

가난한	·	· 내가
아름다운 나타샤를	·	· 눈이 나린다
오늘밤은 푹푹	·	· 사랑해서

나타샤를	·	· 깊은 산골로 가 마가리에 살자
눈은	·	· 나는
나는 혼자 쓸쓸히	·	· 마시며 생각한다
소주를	·	· 밤 흰 당나귀 타고
나타샤와	·	· 사랑은 하고
눈이 푹푹 쌓이는	·	· 앉어 소주를 마신다
산골로 가자 출출이 우는	·	· 푹푹 날리고

눈은	·	· 고조곤히 와 이야기한다
나는 나타샤를	·	· 더러워 버리는 것이다
나타샤가	·	· 생각하고
언제 벌써 내 속에	·	· 세상한테 지는 것이 아니다
산골로 가는 것은	·	· 아니올 리 없다
세상 같은 건	·	· 푹푹 나리고

눈은 푹푹	·	· 나를 사랑하고
아름다운 나타샤는	·	· 나리고
어데서 흰 당나귀도 오늘밤이	·	· 좋아서 응앙응앙 울 것이다

10
나와 나타샤와 흰 당나귀

● (   )안에 순서대로 번호를 쓰고 읽어 보세요

(   ) 가난한 내가

(   ) 나는 혼자 쓸쓸히 앉아 소주(燒酒)를 마신다

(   ) 나타샤를 사랑은 하고

(   ) 나타샤와 나는

(   ) 눈은 푹푹 날리고

(   ) 눈이 푹푹 쌓이는 밤 흰 당나귀 타고

(   ) 산골로 가자 출출이 우는 깊은 산골로 가 마가리에 살자

(   ) 소주(燒酒)를 마시며 생각한다

(   ) 아름다운 나타샤를 사랑해서

(   ) 오늘밤은 푹푹 눈이 나린다

(   ) 나는 나타샤를 생각하고

(   ) 나타샤가 아니올 리 없다

(   ) 눈은 푹푹 나리고 (1)

(   ) 눈은 푹푹 나리고 (2)

(   ) 산골로 가는 것은 세상한테 지는 것이 아니다

(   ) 세상 같은 건 더러워 버리는 것이다

(   ) 아름다운 나타샤는 나를 사랑하고

(   ) 어데서 흰 당나귀도 오늘밤이 좋아서 응앙응앙 울 것이다

(   ) 언제 벌써 내 속에 고조곤히 와 이야기한다

1. 가 난 한 내가
2. □□□□ 나타샤를 □□해서
3. □□□□ 푹푹 □이 나린다
4. □□□□ □□은 하고
5. □□ 푹푹 날리고
6. □□ 혼자 쓸쓸히 앉어 □□를 마신다
7. □□ 마시며 생각한다
8. □□□□ 나는
9. □□ 푹푹 쌓이는 □ 흰 □□□ 타고
10. □□ 가자 출출이 우는 깊은 □□로 가 □□□에 살자
11. □□ 푹푹 나리고
12. □□ 나타샤를 □□하고
13. □□□□ 아니올 리 없다
14. □□ 벌써 내 속에 고조곤히 와 이야기한다
15. □□□ 가는 것은 □□한테 지는 것이 아니다
16. □□ 같은 건 더러워 버리는 것이다
17. □□ 푹푹 나리고
18. □□□□ 나타샤는 나를 □□하고
19. □□□ 흰 □□□도 □□□□ 좋아서 □□□□ 울을 것이다

10

나와 나타샤와 흰 당나귀

1. 가난한 [내] [가]
2. ☐☐☐☐ 나타샤를 사랑해서
3. 오늘밤은 ☐☐ 눈이 ☐☐☐

4. 나타샤를 사랑은 ☐☐
5. 눈은 ☐☐ ☐☐☐
6. 나는 ☐☐ ☐☐☐ ☐☐ 소주를 마신다
7. 소주를 ☐☐☐ ☐☐☐☐
8. 나타샤와 ☐☐
9. 눈이 ☐☐ ☐☐☐ 밤 흰 당나귀 ☐☐
10. 산골로 가자 ☐☐☐ ☐☐ ☐☐ 산골로 가 마가리에 살자

11. 눈은 ☐☐ 나리고

12. 나는 나타샤를 생각하고

13. 나타샤가 ☐☐☐ ☐ 없다
14. 언제 ☐☐ 내 속에 ☐☐☐☐ 와 이야기한다
15. 산골로 가는 것은 ☐☐☐☐ 지는 것이 아니다
16. 세상 ☐☐ 건 ☐☐☐ ☐☐☐ 것이다

17. 눈은 ☐☐ 나리고
18. ☐☐☐☐ 나타샤는 나를 사랑하고
19. ☐☐☐ 흰 당나귀도 오늘밤이 좋아서 ☐☐☐☐ 울을 것이다

가난한 내가

아름다운 나타샤를 사랑해서

오늘밤은 푹푹 눈이 나린다

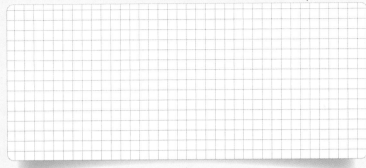

나타샤를 사랑은 하고

눈은 푹푹 날리고

나는 혼자 쓸쓸히 앉아 소주를 마신다

소주를 마시며 생각한다

나타샤와 나는

눈이 푹푹 쌓이는 밤 흰 당나귀 타고

산골로 가자 출출이 우는 깊은 산골로 가 마가리에 살자

10

나 와 나 타 샤 와 흰 당 나 귀

눈은 푹푹 나리고

나는 나타샤를 생각하고

나타샤가 아니올 리 없다

언제 벌써 내 속에 고조곤히 와 이야기한다

산골로 가는 것은 세상한테 지는 것이 아니다

세상 같은 건 더러워 버리는 것이다

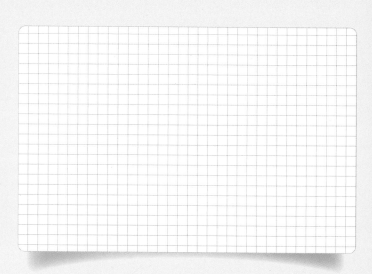

눈은 푹푹 나리고

아름다운 나타샤는 나를 사랑하고

어데서 흰 당나귀도 오늘밤이 좋아서 응앙응앙 울을 것이다

1. 가난한 내가

2. | 아 | 름 | 다 | 운 | | 나 | 타 | 샤 | 를 | | 사 | 랑 | 해 | 서 | | | | | | | | | | | | |

3. 오늘밤은 푹푹 눈이 나린다

4. | | | | | | | | | | | | | | | | | | | | | | | | | |

5. 눈은 푹푹 날리고

6. | | | | | | | | | | | | | | | | | | | | | | | | | |

7. 소주를 마시며 생각한다

8. | | | | | | | | | | | | | | | | | | | | | | | | | |

9. 눈이 푹푹 쌓이는 밤 흰 당나귀 타고

10. | | | | | | | | | | | | | | | | | | | | | | | | | |
| | | | | | | | | | | | | | | | | | | | | | | | | |

11. 눈은 푹푹 나리고

12. | | | | | | | | | | | | | | | | | | | | | | | | | |

13. 나타샤가 아니올 리 없다

14. | | | | | | | | | | | | | | | | | | | | | | | | | |

15. 산골로 가는 것은 세상한테 지는 것이 아니다

16. | | | | | | | | | | | | | | | | | | | | | | | | | |

17. 눈은 푹푹 나리고

18. | | | | | | | | | | | | | | | | | | | | | | | | | |

19. 어데서 흰 당나귀도 오늘밤이 좋아서 응앙응앙 울을 것이다

10

나와 나타샤와 흰 당나귀

1. | 가 | 난 | 한 | | 내 | 가 | | | | | | | | | | | | | | | | | | | | |
|---|---|---|---|---|---|---|---|---|---|---|---|---|---|---|---|---|---|---|---|---|---|---|---|---|---|

2. 아름다운 나타샤를 사랑해서

3. | | | | | | | | | | | | | | | | | | | | | | | | | | |
|---|---|---|---|---|---|---|---|---|---|---|---|---|---|---|---|---|---|---|---|---|---|---|---|---|---|

4. 나타샤를 사랑은 하고

5. | | | | | | | | | | | | | | | | | | | | | | | | | | |
|---|---|---|---|---|---|---|---|---|---|---|---|---|---|---|---|---|---|---|---|---|---|---|---|---|---|

6. 나는 혼자 쓸쓸히 앉어 소주를 마신다

7. | | | | | | | | | | | | | | | | | | | | | | | | | | |
|---|---|---|---|---|---|---|---|---|---|---|---|---|---|---|---|---|---|---|---|---|---|---|---|---|---|

8. 나타샤와 나는

9. | | | | | | | | | | | | | | | | | | | | | | | | | | |
|---|---|---|---|---|---|---|---|---|---|---|---|---|---|---|---|---|---|---|---|---|---|---|---|---|---|

10. 산골로 가자 출출이 우는 깊은 산골로 가 마가리에 살자

11. | | | | | | | | | | | | | | | | | | | | | | | | | | |
|---|---|---|---|---|---|---|---|---|---|---|---|---|---|---|---|---|---|---|---|---|---|---|---|---|---|

12. 나는 나타샤를 생각하고

13. | | | | | | | | | | | | | | | | | | | | | | | | | | |
|---|---|---|---|---|---|---|---|---|---|---|---|---|---|---|---|---|---|---|---|---|---|---|---|---|---|

14. 언제 벌써 내 속에 고조곤히 와 이야기한다

15. | | | | | | | | | | | | | | | | | | | | | | | | | | |
|---|---|---|---|---|---|---|---|---|---|---|---|---|---|---|---|---|---|---|---|---|---|---|---|---|---|

16. 세상 같은 건 더러워 버리는 것이다

17. | | | | | | | | | | | | | | | | | | | | | | | | | | |
|---|---|---|---|---|---|---|---|---|---|---|---|---|---|---|---|---|---|---|---|---|---|---|---|---|---|

18. 아름다운 나타샤는 나를 사랑하고

19. | | | | | | | | | | | | | | | | | | | | | | | | | | |
|---|---|---|---|---|---|---|---|---|---|---|---|---|---|---|---|---|---|---|---|---|---|---|---|---|---|

1. 가 난 한
2. 아 름 다 운
3. 오 늘 밤 은

4. 나 타 샤 를
5. 눈 은
6. 나 는
7. 소 주 를
8. 나 타 샤 와
9. 눈 이
10. 산 골 로

11. 눈 은
12. 나 는
13. 나 타 샤 가
14. 언 제
15. 산 골 로

16. 세 상

17. 눈 은
18. 아 름 다 운
19. 어 데 서

10

나 와 나 타 샤 와 흰 당 나 귀

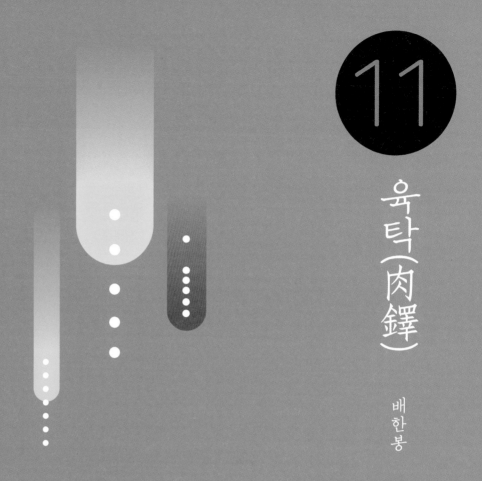

11

육탁(肉鐸)

배한봉

2011 제26회 소월시문학상 작품집 『복사꽃 아래 천년 외』 배한봉 외 (문학사상, 2011.08.25.)

육탁(肉鐸)

— 배한봉

1. 새벽 어판장 어선에서 막 쏟아낸 고기들이 파닥파닥 바닥을 치고 있다

2. 육탁(肉鐸) 같다

3. 더 이상 칠 것 없어도 결코 치고 싶지 않은 생의 바닥

4. 생애에서 제일 센 힘은 바닥을 칠 때 나온다

5. 나도 한때 바닥을 친 뒤 바닥보다 더 깊고 어둔 바닥을 만난 적이 있다

6. 육탁을 치는 힘으로 살지 못했다는 것을 바닥 치면서 알았다

7. 도다리 광어 우럭들도 바다가 다 제 세상이었던 때 있었을 것이다

8. 내가 무덤 속 같은 검은 비닐봉지의 입을 열자

9. 고기 눈 속으로 어판장 알전구 빛이 심해처럼 캄캄하게 스며들었다

10. 아직도 바다 냄새 싱싱한,

11. 공포 앞에서도 아니 죽어서도 닫을 수 없는 작고 둥근 창문

12. 늘 열려 있어서 눈물 고일 시간도 없었으리라

13. 고이지 못한 그 시간들이 염분을 풀어 바닷물을 저토록 짜게 만들었으리라

14. 누군가를 오래 기다린 사람의 집 창문도 저렇게 늘 열려서 불빛을 흘릴 것이다

15. 지하도에서 역 대합실에서 칠 바닥도 없이 하얗게 소금에 절이는 악몽을 꾸다 잠깬

16. 그의 작고 둥근 창문도 소금보다 눈부신 그 불빛 그리워할 것이다

집에 도착하면 캄캄한 방문을 열고

나보다 손에 들린 검은 비닐봉지부터 마중할 새끼들 같은, 새끼들 눈빛 같은

11

육 탁 (肉鐸)

시의 첫 음 순서 암기하기

시의 행이나 연의 첫 글자를 활용하여 이야기를 만들어 보세요. 꼭 어법에 맞을 필요는 없으며 기억하기 좋은 이야기면 됩니다. 재미있고 쉽게 기억할 수 있는 자신만의 이야기를 만들어 보세요. 가장 좋은 방법은 시의 행이나 연의 첫 글자를 이용하여 본인이 직접 자신만의 스토리를 만들어 암기하는 것입니다.

행의 첫 글자

새 육 더 생 나 육 도 내 고 아 공 늘 고 누 지 그 집 나

예시1 새고기(육) 더 생각나 6도에 내놓고 고아 공늘고 누군 지그집 나왔어

● 예시글 혹은 본인이 만든 이야기를 생각하면서 첫 글자를 써보세요.

● 다음 행의 첫 글자를 보고 시를 암기해 보세요. 밑줄에는 핵심 단어 혹은 어구만 쓰세요.

새 _____	아 _____
육 _____	공 _____
더 _____	늘 _____
생 _____	고 _____
나 _____	누 _____
육 _____	지 _____
도 _____	그 _____
내 _____	집 _____
고 _____	나 _____

◉ 다음 시의 어구에 맞는 말을 찾아 잇고 암송하시오.

새벽 어판장 어선에서 막 쏟아낸 ·	· 같다
육탁(肉鐸) ·	· 검은 비닐봉지의 입을 열자
더 이상 칠 것 없어도 ·	· 결코 치고 싶지 않은 생의 바닥
생애에서 제일 센 힘은 ·	· 고기들이 파닥파닥 바닥을 치고 있다
나도 한때 바닥을 친 뒤 ·	· 다 제 세상이었던 때 있었을 것이다
육탁을 치는 힘으로 살지 ·	· 못했다는 것을 바닥 치면서 알았다
도다리 광어 우럭들도 바다가 ·	· 바닥보다 더 깊고 어둔 바닥을 만난 적이 있다
내가 무덤 속 같은 ·	· 바닥을 칠 때 나온다
고기 눈 속으로 어판장 알전구 빛이 ·	· 심해처럼 캄캄하게 스며들었다

11

육탁(肉鐸)

아직도 ·	· 고일 시간도 없었으리라
공포 앞에서도 아니 ·	· 바다 냄새 싱싱한,
늘 열려 있어서 눈물 ·	· 눈부신 그 불빛 그리워할 것이다
고이지 못한 그 시간들이 염분을 풀어 ·	· 마중할 새끼들 같은, 새끼들 눈빛 같은
누군가를 오래 기다린 사람의 집 창문도 ·	· 바닷물을 저토록 짜게 만들었으리라
지하도에서 역 대합실에서 칠 바닥도 없이 ·	· 저렇게 늘 열려서 불빛을 흘릴 것이다
그의 작고 둥근 창문도 소금보다 ·	· 죽어서도 닫을 수 없는 작고 둥근 창문
집에 도착하면 ·	· 캄캄한 방문을 열고
나보다 손에 들린 검은 비닐봉지부터 ·	· 하얗게 소금에 절이는 악몽을 꾸다 잠깬

● ( )안에 순서대로 번호를 쓰고 읽어 보세요

( ) 고기 눈 속으로 어판장 알전구 빛이 심해처럼 캄캄하게 스며들었다

( ) 나도 한때 바닥을 친 뒤 바닥보다 더 깊고 어둔 바닥을 만난 적이 있다

( ) 내가 무덤 속 같은 검은 비닐봉지의 입을 열자

( ) 더 이상 칠 것 없어도 결코 치고 싶지 않은 생의 바닥

( ) 도다리 광어 우럭들도 바다가 다 제 세상이었던 때 있었을 것이다

( ) 새벽 어판장 어선에서 막 쏟아낸 고기들이 파닥파닥 바닥을 치고 있다

( ) 생애에서 제일 센 힘은 바닥을 칠 때 나온다

( ) 육탁 같다

( ) 육탁을 치는 힘으로 살지 못했다는 것을 바닥 치면서 알았다

- -

( ) 고이지 못한 그 시간들이 염분을 풀어 바닷물을 저토록 짜게 만들었으리라

( ) 공포 앞에서도 아니 죽어서도 닫을 수 없는 작고 둥근 창문

( ) 그의 작고 둥근 창문도 소금보다 눈부신 그 불빛 그리워할 것이다

( ) 나보다 손에 들린 검은 비닐봉지부터 마중할 새끼들 같은, 새끼들 눈빛 같은

( ) 누군가를 오래 기다린 사람의 집 창문도 저렇게 늘 열려서 불빛을 흘릴 것이다

( ) 늘 열려 있어서 눈물 고일 시간도 없었으리라

( ) 아직도 바다 냄새 싱싱한,

( ) 지하도에서 역 대합실에서 칠 바닥도 없이 하얗게 소금에 절이는 악몽을 꾸다 잠깬

( ) 집에 도착하면 캄캄한 방문을 열고

1. 새 벽 어 판 장 어 선 에서 막 쏟아낸 고 기 들이 파닥파닥 바 닥 을 치고 있다

2. ☐☐ 같다

3. ☐☐☐ 칠 것 없어도 결코 치고 싶지 않은 생의 ☐☐

4. ☐☐☐☐ 제일 센 ☐은 ☐☐을 칠 때 나온다

5. ☐☐ 한때 ☐☐을 친 뒤 ☐☐보다 더 깊고 어둔 ☐☐을 만난 적이 있다

6. ☐☐☐ 치는 힘으로 살지 못했다는 것을 ☐☐ 치면서 알았다

7. ☐☐☐☐ 우럭들도 ☐☐가 다 제 ☐☐이었던 때 있었을 것이다

8. ☐☐☐☐ 속 같은 검은 ☐☐☐☐의 입을 열자

9. ☐☐☐ 속으로 ☐☐☐☐☐ 빛이 ☐☐처럼 캄캄하게 스며들었다

10. ☐☐☐☐☐☐ 싱싱한,

11. ☐☐ 앞에서도 아니 죽어서도 닫을 수 없는 작고 둥근 ☐☐

12. ☐ 열려 있어서 ☐☐ 고일 ☐☐도 없었으리라

13. ☐☐ 못한 그 ☐☐들이 ☐☐을 풀어 ☐☐☐을 저토록 짜게 만들었으리라

14. ☐☐☐☐ 오래 기다린 ☐☐의 집 ☐☐도 저렇게 늘 열려서 ☐☐을 흘릴 것이다

15. ☐☐☐☐☐ 역 ☐☐☐에서 칠 ☐☐도 없이 하얗게 ☐☐에 절이는
    ☐☐을 꾸다 잠깬

16. ☐☐ 작고 둥근 ☐☐도 ☐☐보다 눈부신 그 ☐☐ 그리워할 것이다

17. ☐☐☐☐ 하면 캄캄한 ☐☐을 열고

18. 나보다 ☐에 들린 검은 ☐☐☐☐부터 마중할 ☐☐들 같은, 새끼들 ☐☐ 같은

11

육탁(肉鐸)

157

1. 새벽 어판장 어선 에 서 막 쏟 아 낸 고기들이 파 닥 파 닥 바닥을 치고 있다

2. 육탁(肉鐸) □□

3. □ 이상 칠 것 없어도 □□ □□ □□ □□ 생의 바닥

4. □□□□□ □□ 센 힘은 바닥을 □□ 나온다

5. □□ □□ 바닥을 □□ 바닥보다 □□□□ 바닥을 □□ 적이 있다

6. 육탁을 치는 □□□ 살지 □□□ 것을 □□□□ 알았다

7. 도다리 광어 우럭들도 바다가 다 □ 세상이었던 □□□□□

8. 내가 무덤 □□ 검은 비닐봉지의 입을 열자

9. 고기 □□□ 어판장 알전구 빛이 심해처럼 □□□□□ □□□□□

10. □□□ 바다 냄새 □□□,

11. 공포 □□□□ □□ 죽어서도 □□ 수 없는 □□□□ 창문

12. □□□□□ 눈물 □□ 시간도 □□□□□

13. □□□□ 그 시간들이 염분을 □□ 바닷물을 □□□□ □□ 만들었으리라

14. □□□ 오래 기다린 사람의 집 창문도 □□□□ 열려서 불빛을 □□ 것이다

15. 지하도에서 역 □□□□□□ □ 바닥도 없이 □□ 소금에
    □□□ 악몽을 꾸다 잠깬

16. 그의 □□ 둥근 창문도 소금보다 □□□ 그 불빛 □□□□ 것이다

17. □□ 도착하면 □□□ 방문을 □□

18. 나보다 손에 □□ 검은 비닐봉지부터 □□□ 새끼들 같은, 새끼들 □□□ □□□

새벽 어판장 어선에서 막 쏟아낸 고기들이 파닥파닥 바닥을 치고 있다

육탁 같다

더 이상 칠 것 없어도 결코 치고 싶지 않은 생의 바닥

생애에서 제일 센 힘은 바닥을 칠 때 나온다

나도 한때 바닥을 친 뒤 바닥보다 더 깊고 어둔 바닥을 만난 적이 있다

육탁을 치는 힘으로 살지 못했다는 것을 바닥 치면서 알았다

11

육탁(肉鐸)

도다리 광어 우럭들도 바다가 다 제 세상이었던 때 있었을 것이다

내가 무덤 속 같은 검은 비닐봉지의 입을 열자

고기 눈 속으로 어판장 알전구 빛이 심해처럼 캄캄하게 스며들었다

아직도 바다 냄새 싱싱한,

공포 앞에서도 아니 죽어서도 닫을 수 없는 작고 둥근 창문

늘 열려 있어서 눈물 고일 시간도 없었으리라

고이지 못한 그 시간들이 염분을 풀어 바닷물을 저토록 짜게 만들었으리라

누군가를 오래 기다린 사람의 집 창문도 저렇게 늘 열려서 불빛을 흘릴 것이다

지하도에서 역 대합실에서 칠 바닥도 없이 하얗게 소금에 절이는 악몽을 꾸다 잠깬

그의 작고 둥근 창문도 소금보다 눈부신 그 불빛 그리워할 것이다

집에 도착하면 캄캄한 방문을 열고

나보다 손에 들린 검은 비닐봉지부터 마중할 새끼들 같은, 새끼들 눈빛 같은

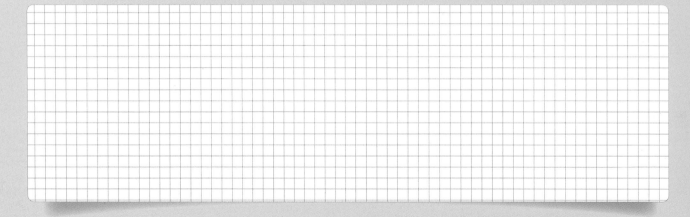

1. 새벽 어판장 어선에서 막 쏟아낸 고기들이 파닥파닥 바닥을 치고 있다

2. | 육 | 탁 | 같 | 다 | | | | | | | | | | | | | | | | |

3. 더 이상 칠 것 없어도 결코 치고 싶지 않은 생의 바닥

4.

5. 나도 한때 바닥을 친 뒤 바닥보다 더 깊고 어둔 바닥을 만난 적이 있다

6.

7. 도다리 광어 우럭들도 바다가 다 제 세상이었던 때 있었을 것이다

8.

9. 고기 눈 속으로 어판장 알전구 빛이 심해처럼 캄캄하게 스며들었다

10.

11. 공포 앞에서도 아니 죽어서도 닫을 수 없는 작고 둥근 창문

12.

13. 고이지 못한 그 시간들이 염분을 풀어 바닷물을 저토록 짜게 만들었으리라

14.

15. 지하도에서 역 대합실에서 칠 바닥도 없이 하얗게 소금에 절이는 악몽을 꾸다 잠깬

16.

17. 집에 도착하면 캄캄한 방문을 열고

18.

11

육탁(肉鐸)

161

1. | 새 | 벽 | | 어 | 판 | 장 | | 어 | 선 | 에 | 서 | | 막 | | 쏟 | 아 | 낸 | | 고 | 기 | 들 | 이 | |
   | 파 | 닥 | 파 | 닥 | | 바 | 닥 | 을 | | 치 | 고 | | 있 | 다 | | | | | | | | | |

2. 육탁(肉鐸) 같다

3. | | | | | | | | | | | | | | | | | | | | | | |
   | | | | | | | | | | | | | | | | | | | | | | |

4. 생애에서 제일 센 힘은 바닥을 칠 때 나온다

5. | | | | | | | | | | | | | | | | | | | | | | |
   | | | | | | | | | | | | | | | | | | | | | | |

6. 육탁을 치는 힘으로 살지 못했다는 것을 바닥 치면서 알았다

7. | | | | | | | | | | | | | | | | | | | | | | |
   | | | | | | | | | | | | | | | | | | | | | | |

8. 내가 무덤 속 같은 검은 비닐봉지의 입을 열자

9. | | | | | | | | | | | | | | | | | | | | | | |
   | | | | | | | | | | | | | | | | | | | | | | |

10. 아직도 바다 냄새 싱싱한,

11. | | | | | | | | | | | | | | | | | | | | | | |
    | | | | | | | | | | | | | | | | | | | | | | |

12. 늘 열려 있어서 눈물 고일 시간도 없었으리라

13. | | | | | | | | | | | | | | | | | | | | | | |
    | | | | | | | | | | | | | | | | | | | | | | |

14. 누군가를 오래 기다린 사람의 집 창문도 저렇게 늘 열려서 불빛을 흘릴 것이다

15. | | | | | | | | | | | | | | | | | | | | | | |
    | | | | | | | | | | | | | | | | | | | | | | |

16. 그의 작고 둥근 창문도 소금보다 눈부신 그 불빛 그리워할 것이다

17. | | | | | | | | | | | | | | | | | | | | | | |
    | | | | | | | | | | | | | | | | | | | | | | |

18. 나보다 손에 들린 검은 비닐봉지부터 마중할 새끼들 같은, 새끼들 눈빛 같은

1. 새벽
2. 육탁같다
3. 더
4. 생애에서
5. 나도
6. 육탁을
7. 도다리 광어
8. 내가 무덤
9. 고기
10. 아직도
11. 공포
12. 늘 열려 있어서
13. 고이지
14. 누군가를
15. 지하도에서
16. 그의 작고
17. 집에
18. 나보다

11

육탁(肉鐸)

12

산양

이건청

『무당벌레가 되고 싶은 시인』 이건청 (시인생각, 2013.06.22)

아주 천천히 | 천천히 | 정상 속도로 | 빠르게 | 아주 빠르게

산양

– 이건청

1. 아버지의 등 뒤에 벼랑이 보인다.

2. 아니, 아버지는 안 보이고 벼랑만 보인다.

3. 요즘엔 선연히 보인다.

4. 옛날, 나는 아버지가 산인 줄 알았다.

5. 차령산맥이거나 낭림산맥인 줄 알았다.

6. 장대한 능선들 모두가 아버지인 줄만 알았다.

7. 그때 나는 생각했었다.

8. 푸른 이끼를 스쳐간 그 산의 물이 흐르고 흘러,

9. 바다에 닿는 것이라고.

10. 수평선에 해가 뜨고 하늘도 열리는 것이라고.

11. 그때 나는 뒷짐 지고 아버지 뒤를 따라갔었다.

12. 아버지가 아들인 내가 밟아야 할 비탈들을 앞장서 가시면서

13. 당신 몸으로 끌어안아 들이고 있는 걸 몰랐다.

14. 아들의 비탈들을 모두 끌어안은 채,

15. 까마득한 벼랑으로 쫓기고 계신 걸 나는 몰랐었다.

16. 나 이제 늙은 짐승 되어 힘겨운 벼랑에 서서 뒤돌아보니

17. 뒷짐 지고 내 뒤를 따르는 낯익은 얼굴 하나 보인다.

18. 아버지의 이름으로 쫓기고 쫓겨 까마득한 벼랑으로 접어드는

19. 내 뒤에 또 한 마리 산양이 보인다.

20. 겨우겨우 벼랑 하나 발 딛고 선 내 뒤를 따르는

21. 초식 동물 한 마리가 보인다.

12

산
양

시의 첫 음 순서 암기하기

시의 행이나 연의 첫 글자를 활용하여 이야기를 만들어 보세요. 꼭 어법에 맞을 필요는 없으며 기억하기 좋은 이야기면 됩니다. 재미있고 쉽게 기억할 수 있는 자신만의 이야기를 만들어 보세요. 가장 좋은 방법은 시의 행이나 연의 첫 글자를 이용하여 본인이 직접 자신만의 스토리를 만들어 암기하는 것입니다.

💬 행의 첫 글자 이 시의 원본은 '행'이나 '연'구분이 없습니다. 암기를 쉽게 하기 위해 편의상 행을 나눈 것이므로 참조하세요.

아 아 요 / 옛 차 장 / 그 푸 바 수 / 그 아 당 아 까 / 나 뒷 아 내 겨 초

💬 연의 첫 글자

아 옛 그 그 나

예시 ① 아버지/옛날/그때/그때/나

◦ 예시글 혹은 본인이 만든 이야기를 생각하면서 첫 글자를 써보세요.

◦ 다음 행의 첫 글자를 보고 시를 암기해 보세요. 밑줄에는 핵심 단어 혹은 어구만 쓰세요.

아 _____	그 _____
아 _____	아 _____
요 _____	당 _____
	아 _____
옛 _____	까 _____
차 _____	
장 _____	나 _____
	뒷 _____
그 _____	아 _____
푸 _____	내 _____
바 _____	겨 _____
수 _____	초 _____

● 다음 시의 어구에 맞는 말을 찾아 잇고 암송하시오.

아버지의 등 뒤에 · · 낭림산맥인 줄 알았다.

아니, 아버지는 안 보이고 · · 벼랑만 보인다.

요즘엔 · · 벼랑이 보인다.

옛날, 나는 아버지가 · · 산인 줄 알았다.

차령산맥이거나 · · 선연히 보인다.

장대한 능선들 모두가 · · 아버지인 줄만 알았다.

- -

그때 나는 · · 그 산의 물이 흐르고 흘러,

푸른 이끼를 스쳐간 · · 닿는 것이라고.

바다에 · · 들이고 있는 걸 몰랐다.

수평선에 해가 뜨고 · · 모두 끌어안은 채,

그때 나는 뒷짐 지고 · · 비탈들을 앞장서 가시면서

아버지가 아들인 내가 밟아야 할 · · 생각했었다.

당신 몸으로 끌어안아 · · 아버지 뒤를 따라갔었다.

아들의 비탈들을 · · 쫓기고 계신 걸 나는 몰랐었다.

까마득한 벼랑으로 · · 하늘도 열리는 것이라고.

- -

나 이제 늙은 짐승 되어 · · 낯익은 얼굴 하나 보인다.

뒷짐 지고 내 뒤를 따르는 · · 발 딛고 선 내 뒤를 따르는

아버지의 이름으로 쫓기고 · · 산양이 보인다.

내 뒤에 또 한 마리 · · 쫓겨 까마득한 벼랑으로 접어드는

겨우겨우 벼랑 하나 · · 한 마리가 보인다.

초식 동물 · · 힘겨운 벼랑에 서서 뒤돌아보니

12

산양

○ ( )안에 순서대로 번호를 쓰고 읽어 보세요

(   ) 아니, 아버지는 안 보이고 벼랑만 보인다.

(   ) 아버지의 등 뒤에 벼랑이 보인다.

(   ) 옛날, 나는 아버지가 산인 줄 알았다.

(   ) 요즘엔 선연히 보인다.

(   ) 장대한 능선들 모두가 아버지인 줄만 알았다.

(   ) 차령산맥이거나 낭림산맥인 줄 알았다.

(   ) 푸른 이끼를 스쳐간 그 산의 물이 흐르고 흘러,

(   ) 그때 나는 뒷짐 지고 아버지 뒤를 따라갔었다.

(   ) 그때 나는 생각했었다.

(   ) 까마득한 벼랑으로 쫓기고 계신 걸 나는 몰랐었다.

(   ) 당신 몸으로 끌어안아 들이고 있는 걸 몰랐다.

(   ) 바다에 닿는 것이라고.

(   ) 수평선에 해가 뜨고 하늘도 열리는 것이라고.

(   ) 아들의 비탈들을 모두 끌어안은 채,

(   ) 아버지가 아들인 내가 밟아야 할 비탈들을 앞장서 가시면서

(   ) 겨우겨우 벼랑 하나 발 딛고 선 내 뒤를 따르는

(   ) 나 이제 늙은 짐승 되어 힘겨운 벼랑에 서서 뒤돌아보니

(   ) 내 뒤에 또 한 마리 산양이 보인다.

(   ) 뒷짐 지고 내 뒤를 따르는 낯익은 얼굴 하나 보인다.

(   ) 아버지의 이름으로 쫓기고 쫓겨 까마득한 벼랑으로 접어드는

(   ) 초식 동물 한 마리가 보인다.

2. 1. 4. 3. 6. 5 / 2. 5. 1. 9. 7. 3. 4. 8. 6 / 5. 1. 4. 2. 3. 6

1. 아 버 지 의 등 뒤에 벼 랑 이 보인다.

2. ☐☐, 아버지는 안 보이고 ☐☐만 보인다.

3. ☐☐☐ 선연히 보인다.

4. ☐☐, 나는 ☐☐☐☐ ☐인 줄 알았다.

5. ☐☐☐☐이거나 낭림산맥인 줄 알았다.

6. ☐☐☐☐ ☐들 모두가 ☐☐☐인 줄만 알았다.

7. ☐☐ 나는 생각했었다.

8. ☐☐☐를 스쳐간 그 산의 ☐☐ 흐르고 흘러,

9. ☐☐☐ 닿는 것이라고.

10. ☐☐☐☐ 해가 뜨고 ☐☐☐ 열리는 것이라고.

11. ☐☐ 나는 뒷짐 지고 ☐☐☐ 뒤를 따라갔었다.

12. ☐☐☐☐ ☐☐인 내가 밟아야 할 ☐☐들을 앞장서 가시면서

13. ☐☐☐으로 끌어안아 들이고 있는 걸 몰랐다.

14. ☐☐의 ☐☐들을 모두 끌어안은 채,

15. ☐☐☐☐ ☐☐으로 쫓기고 계신 걸 나는 몰랐었다.

16. ☐ 이제 늙은 ☐☐ 되어 힘겨운 ☐☐에 서서 뒤돌아보니

17. ☐☐ 지고 내 뒤를 따르는 낯익은 ☐☐ 하나 보인다.

18. ☐☐☐☐☐☐으로 쫓기고 쫓겨 까마득한 ☐☐으로 접어드는

19. ☐ 뒤에 또 한 마리 ☐☐이 보인다.

20. ☐☐☐☐ ☐☐ 하나 발 딛고 선 내 뒤를 따르는

21. ☐☐ ☐☐ 한 마리가 보인다.

12

산양

1. 아버지의 등 뒤 벼랑이 보인 다.
2. ☐☐, 아버지는 안 보이고 ☐☐☐ 보인다.
3. 요즘엔 ☐☐☐ 보인다.

4. ☐☐, 나는 아버지가 ☐☐ 줄 알았다.
5. 차령산맥이거나 ☐☐☐☐ 인 줄 알았다.
6. ☐☐☐ 능선들 ☐☐☐ 아버지인 ☐☐ 알았다.

7. 그때 나는 생각했었다.

8. ☐☐ 이끼를 ☐☐☐ 그 산의 물이 ☐☐☐ 흘러,
9. 바다에 ☐☐ 것이라고.
10. 수평선에 ☐☐ 뜨고 ☐☐☐ 열리는 ☐☐☐☐.

11. ☐☐ 나는 ☐☐ 지고 아버지 뒤를 ☐☐☐☐☐.
12. 아버지가 ☐☐☐ 내가 ☐☐☐ 할 ☐☐☐☐ 앞장서 ☐☐☐☐.
13. 당신 ☐☐☐ ☐☐☐☐☐ 들이고 ☐☐ 걸 ☐☐☐.
14. ☐☐☐ 비탈들을 ☐☐ 끌어안은 채,
15. ☐☐☐☐ 벼랑으로 ☐☐☐ 계신 걸 나는 ☐☐☐☐.

16. 나 ☐☐ ☐ 짐승 되어 ☐☐☐ ☐☐☐ 서서 ☐☐☐☐☐☐
17. 뒷짐 ☐☐ 내 뒤를 ☐☐☐ ☐☐☐ 얼굴 하나 보인다.
18. 아버지의 ☐☐☐☐ 쫓기고 ☐☐ 까마득한 ☐☐☐☐ 접어드는
19. 내 ☐☐ 또 한 마리 산양이 ☐☐☐.
20. ☐☐☐☐ 벼랑 하나 발 딛고 선 내 뒤를 ☐☐☐
21. 초식 동물 ☐☐☐☐ 보인다.

아버지의 등 뒤에 벼랑이 보인다.

아니, 아버지는 안 보이고 벼랑만 보인다.

요즘엔 선연히 보인다.

12

산
양

옛날, 나는 아버지가 산인 줄 알았다.

차령산맥이거나 낭림산맥인 줄 알았다.

장대한 능선들 모두가 아버지인 줄만 알았다.

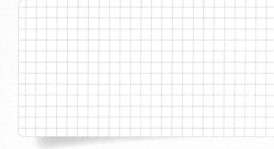

그때 나는 생각했었다.

푸른 이끼를 스쳐간 그 산의 물이 흐르고 흘러,

바다에 닿는 것이라고.

수평선에 해가 뜨고 하늘도 열리는 것이라고.

그때 나는 뒷짐 지고 아버지 뒤를 따라갔었다.

아버지가 아들인 내가 밟아야 할 비탈들을 앞장서 가시면서

당신 몸으로 끌어안아 들이고 있는 걸 몰랐다.

아들의 비탈들을 모두 끌어안은 채,

까마득한 벼랑으로 쫓기고 계신 걸 나는 몰랐었다.

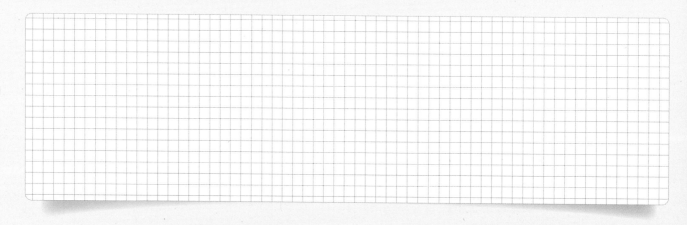

나 이제 늙은 짐승 되어 힘겨운 벼랑에 서서 뒤돌아보니

뒷짐 지고 내 뒤를 따르는 낯익은 얼굴 하나 보인다.

아버지의 이름으로 쫓기고 쫓겨 까마득한 벼랑으로 접어드는

내 뒤에 또 한 마리 산양이 보인다.

겨우겨우 벼랑 하나 발 딛고 선 내 뒤를 따르는

초식 동물 한 마리가 보인다.

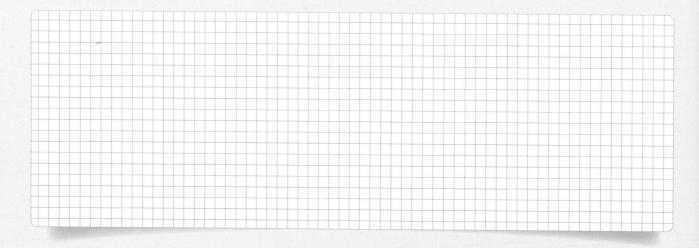

1. 아버지의 등 뒤에 벼랑이 보인다.
2. | 아 | 니 | , | 아 | 버 | 지 | 는 | | 안 | | 보 | 이 | 고 | | 벼 | 랑 | 만 | | 보 | 인 | 다 | . | | | | | |
3. 요즘엔 선연히 보인다.
4.
5. 차령산맥이거나 낭림산맥인 줄 알았다.
6.
7. 그때 나는 생각했었다.
8.
9. 바다에 닿는 것이라고.
10.
11. 그때 나는 뒷짐 지고 아버지 뒤를 따라갔었다.
12.

13. 당신 몸으로 끌어안아 들이고 있는 걸 몰랐다.
14.
15. 까마득한 벼랑으로 쫓기고 계신 걸 나는 몰랐었다.
16.

17. 뒷짐 지고 내 뒤를 따르는 낯익은 얼굴 하나 보인다.
18.

19. 내 뒤에 또 한 마리 산양이 보인다.
20.

21. 초식 동물 한 마리가 보인다.

12

산양

1. | 아 | 버 | 지 | 의 | | 등 | 뒤 | 에 | | 벼 | 랑 | 이 | | 보 | 인 | 다 | . | | | | | | | |
   |---|---|---|---|---|---|---|---|---|---|---|---|---|---|---|---|---|---|---|---|---|---|---|---|

2. 아니, 아버지는 안 보이고 벼랑만 보인다.

3. | | | | | | | | | | | | | | | | | | | | | | | | |
   |---|---|---|---|---|---|---|---|---|---|---|---|---|---|---|---|---|---|---|---|---|---|---|---|

4. 옛날, 나는 아버지가 산인 줄 알았다

5. | | | | | | | | | | | | | | | | | | | | | | | | |
   |---|---|---|---|---|---|---|---|---|---|---|---|---|---|---|---|---|---|---|---|---|---|---|---|

6. 장대한 능선들 모두가 아버지인 줄만 알았다.

7. | | | | | | | | | | | | | | | | | | | | | | | | |
   |---|---|---|---|---|---|---|---|---|---|---|---|---|---|---|---|---|---|---|---|---|---|---|---|

8. 푸른 이끼를 스쳐간 그 산의 물이 흐르고 흘러,

9. | | | | | | | | | | | | | | | | | | | | | | | | |
   |---|---|---|---|---|---|---|---|---|---|---|---|---|---|---|---|---|---|---|---|---|---|---|---|

10. 수평선에 해가 뜨고 하늘도 열리는 것이라고.

11. | | | | | | | | | | | | | | | | | | | | | | | | |
    |---|---|---|---|---|---|---|---|---|---|---|---|---|---|---|---|---|---|---|---|---|---|---|---|

12. 아버지가 아들인 내가 밟아야 할 비탈들을 앞장서 가시면서

13. | | | | | | | | | | | | | | | | | | | | | | | | |
    |---|---|---|---|---|---|---|---|---|---|---|---|---|---|---|---|---|---|---|---|---|---|---|---|

14. 아들의 비탈들을 모두 끌어안은 채,

15. | | | | | | | | | | | | | | | | | | | | | | | | |
    |---|---|---|---|---|---|---|---|---|---|---|---|---|---|---|---|---|---|---|---|---|---|---|---|
    | | | | | | | | | | | | | | | | | | | | | | | | |

16. 나 이제 늙은 짐승 되어 힘겨운 벼랑에 서서 뒤돌아보니

17. | | | | | | | | | | | | | | | | | | | | | | | | |
    |---|---|---|---|---|---|---|---|---|---|---|---|---|---|---|---|---|---|---|---|---|---|---|---|
    | | | | | | | | | | | | | | | | | | | | | | | | |

18. 아버지의 이름으로 쫓기고 쫓겨 까마득한 벼랑으로 접어드는

19. | | | | | | | | | | | | | | | | | | | | | | | | |
    |---|---|---|---|---|---|---|---|---|---|---|---|---|---|---|---|---|---|---|---|---|---|---|---|

20. 겨우겨우 벼랑 하나 발 딛고 선 내 뒤를 따르는

21. | | | | | | | | | | | | | | | | | | | | | | | | |
    |---|---|---|---|---|---|---|---|---|---|---|---|---|---|---|---|---|---|---|---|---|---|---|---|

1. 아버지의
2. 아니,
3. 요즘엔

4. 옛날,
5. 차령산맥이거나
6. 장대한

7. 그때
8. 푸른
9. 바다에
10. 수평선에

11. 그때
12. 아버지가

13. 당신
14. 아들의
15. 까마득한

16. 나

17. 뒷짐
18. 아버지의

19. 내 뒤에
20. 겨우겨우
21. 초식 동물

12

산양

빈집의 약속

문태준

『가재미』 문태준 (문학과지성사, 2006.07.21.)

빈집의 약속

— 문태준

1. 마음은 빈집 같아서 어떤 때는 독사가 살고 어떤 때는 청보리밭 너른 들이 살았다

2. 볕이 보고 싶은 날에는 개심사 심검당 볕 내리는 고운 마루가 들어와 살기도 하였다

3. 어느 날에는 늦눈보라가 몰아쳐 마음이 서럽기도 하였다

4. 겨울 방이 방 한 켠에 묵은 메주를 매달아 두듯 마음에 봄가을 없이 풍경들이 들어와 살았다

5. 그러나 하릴없이 전나무 숲이 들어와 머무르는 때가 나에게는 행복하였다

6. 수십 년 혹은 백 년 전부터 살아온 나무들, 천둥처럼 하늘로 솟아오른 나무들

7. 뭉긋이 앉은 그 나무들의 울울창창한 고요를 나는 미륵들의 미소라 불렀다

8. 한 걸음의 말도 내놓지 않고 오롯하게 큰 침묵인 그 미륵들이 잔혹한 말들의 세월을 견디게 하였다

9. 그러나 전나무 숲이 들어앉았다 나가면 그뿐, 마음은 늘 빈집 이어서

10. 마음 안의 그 둥그런 고요가 다른 것으로 메워졌다

11. 대나무가 열매를 맺지 않듯 마음이란 그냥 풍경을 들어앉히는 착한 사진사 같은 것

12. 그것이 빈집의 약속 같은 것이었다

13

빈집의 약속

시의 첫 음 순서 암기하기

시의 행이나 연의 첫 글자를 활용하여 이야기를 만들어 보세요. 꼭 어법에 맞을 필요는 없으며 기억하기 좋은 이야기면 됩니다. 재미있고 쉽게 기억할 수 있는 자신만의 이야기를 만들어 보세요. 가장 좋은 방법은 시의 행이나 연의 첫 글자를 이용하여 본인이 직접 자신만의 스토리를 만들어 암기하는 것입니다.

행의 첫 글자

마 볕 어 겨 / 그 수 뭉 한 그 마 대 그

예시1 **마**음의 **볕** **어**겨 **그** **수** **만(뭉)**한 **그** **마** **대그** 박

◉ 예시글 혹은 본인이 만든 이야기를 생각하면서 첫 글자를 써보세요.

◉ 다음 행의 첫 글자를 보고 시를 암기해 보세요. 밑줄에는 핵심 단어 혹은 어구만 쓰세요.

마 _____	그 _____
볕 _____	마 _____
어 _____	대 _____
겨 _____	그 _____
그 _____	
수 _____	
뭉 _____	
한 _____	

● 다음 시의 어구에 맞는 말을 찾아 잇고 암송하시오.

마음은 빈집 같아서 어떤 때는 독사가 살고 · · 고운 마루가 들어와 살기도 하였다

볕이 보고 싶은 날에는 개심사 심검당 볕 내리는 · · 마음에 봄가을 없이 풍경들이 들어와 살았다

어느 날에는 늦눈보라가 몰아쳐 · · 마음이 서럽기도 하였다

겨울 방이 방 한 켠에 묵은 메주를 매달아 두듯 · · 어떤 때는 청보리밭 너른 들이 살았다

- -

그러나 하릴없이 전나무 숲이 들어와 · · 천둥처럼 하늘로 솟아오른 나무들

수십 년 혹은 백 년 전부터 살아온 나무들, · · 나는 미륵들의 미소라 불렀다

뭉긋이 앉은 그 나무들의 울울창창한 고요를 · · 다른 것으로 메워졌다

한 걸음의 말도 내놓지 않고 오롯하게 큰 침묵인 그 미륵들이 · · 마음은 늘 빈집이어서

그러나 전나무 숲이 들어앉았다 나가면 그뿐, · · 머무르는 때가 나에게는 행복하였다

마음 안의 그 둥그런 고요가 · · 잔혹한 말들의 세월을 견디게 하였다

대나무가 열매를 맺지 않듯 마음이란 그냥 풍경을 들어앉히는 · · 착한 사진사 같은 것

그것이 빈집의 · · 약속 같은 것이었다

13

빈집의 약속

183

○ ( )안에 순서대로 번호를 쓰고 읽어 보세요

( ) 겨울 방이 방 한 켠에 묵은 메주를 매달아 두듯 마음에 봄가을 없이 풍경들이 들어와 살았다

( ) 마음은 빈집 같아서 어떤 때는 독사가 살고 어떤 때는 청보리밭 너른 들이 살았다

( ) 볕이 보고 싶은 날에는 개심사 심검당 볕 내리는 고운 마루가 들어와 살기도 하였다

( ) 어느 날에는 늦눈보라가 몰아쳐 마음이 서럽기도 하였다

( ) 그것이 빈집의 약속 같은 것이었다

( ) 그러나 전나무 숲이 들어앉았다 나가면 그뿐, 마음은 늘 빈집이어서

( ) 그러나 하릴없이 전나무 숲이 들어와 머무르는 때가 나에게는 행복하였다

( ) 대나무가 열매를 맺지 않듯 마음이란 그냥 풍경을 들어앉히는 착한 사진사 같은 것

( ) 마음 안의 그 둥그런 고요가 다른 것으로 메워졌다

( ) 뭉긋이 앉은 그 나무들의 울울창창한 고요를 나는 미륵들의 미소라 불렀다

( ) 수십 년 혹은 백 년 전부터 살아온 나무들, 천둥처럼 하늘로 솟아오른 나무들

( ) 한 걸음의 말도 내놓지 않고 오롯하게 큰 침묵인 그 미륵들이 잔혹한 말들의 세월을 견디게 하였다

4. 1. 2. 3 / 8. 5. 1. 7. 6. 3. 2. 4

1. 마 음 은 빈 집 같아서 어떤 때는 독 사 가 살고 어떤 때는 청 보 리 밭 너른 들이 살았다

2. □□ 보고 싶은 날에는 □□□ 심검당 볕 내리는 □□ □□□ 들어와 살기도 하였다

3. □□ 날에는 □□□□□□ 몰아쳐 □□□ 서럽기도 하였다

4. □□ 방이 방 한 켠에 묵은 □□□ 매달아 두듯 □□□ □□□ 없이 □□□□□ 들어와 살았다

5. □□□ 하릴없이 □□□ 숲이 들어와 머무르는 때가 나에게는 □□□□□

6. □□□ 혹은 백 년 전부터 살아온 □□□, □□□□ □□□ 솟아오른 □□□

7. □□□ 앉은 그 □□□□ 울울창창한 □□□ 나는 □□□□ □□□ 불렀다

8. □ □□□ 말도 내놓지 않고 오롯하게 큰 □□□ 그 □□□이 잔혹한 말들의 □□□ 견디게 하였다

9. □□□ □□□□ 숲이 들어앉았다 나가면 그뿐, □□□ 늘 □□ 이어서

10. □□ 안의 그 둥그런 □□□ 다른 것으로 메워졌다

11. □□□□□ □□□□□ 맺지 않듯 □□□□ 그냥 □□□ 들어앉히는 착한 □□□ 같은 것

12. 그것이 □□□ □□ 같은 것이었다

13

빈집의 약속

185

1. 마음은 빈 집 같 아 서 어떤 때 는 독사가 살 고
   어떤 때는 청보리밭 너 른 들이 살 았 다

2. 볕이 보고 ☐☐ 날에는 개심사 ☐☐☐ 볕 내리는 고운 마루가 ☐☐☐ 살기도 하였다

3. 어 느 ☐☐☐ 늦눈보라가 ☐☐☐ 마음이 ☐☐☐☐ 하였다

4. 겨울 방이 방 ☐ ☐☐ 묵은 메주를 ☐☐☐ 두듯
   마음에 봄가을 ☐☐ 풍경들이 들어와 ☐☐☐

5. 그러나 ☐☐☐☐ 전나무 숲이 ☐☐☐ ☐☐☐☐ 때가
   나에게는 ☐☐☐☐☐

6. 수십 년 혹은 백 년 전부터 ☐☐☐ 나무들, 천둥처럼 ☐☐☐ ☐☐☐☐ 나무들

7. 뭉긋이 앉은 그 나무들의 ☐☐☐☐☐☐ 고요를 ☐☐ 미륵들의 미소라 ☐☐☐

8. 한 걸음의 ☐☐ 내놓지 않고 ☐☐☐☐ 큰 침묵인 그 미륵들이
   ☐☐☐ 말들의 세월을 ☐☐☐ 하였다

9. 그러나 전나무 숲이 ☐☐☐☐☐ 나가면 그뿐, 마음은 늘 빈집 이어서

10. 마음 안의 그 ☐☐☐ 고요가 다른 것으로 ☐☐☐☐

11. 대나무가 열매를 ☐☐ ☐☐ 마음이란 그냥 풍경을 ☐☐☐☐☐ 사진사 같은 것

12. 그것이 ☐☐☐ 약속 같은 ☐☐☐☐

마음은 빈집 같아서 어떤 때는 독사가 살고 어떤 때는 청보리밭 너른 들이 살았다

볕이 보고 싶은 날에는 개심사 심검당 볕 내리는 고운 마루가 들어와 살기도 하였다

어느 날에는 늦눈보라가 몰아쳐 마음이 서럽기도 하였다

겨울 방이 방 한 켠에 묵은 메주를 매달아 두듯 마음에 봄가을 없이 풍경들이 들어와 살았다

그러나 하릴없이 전나무 숲이 들어와 머무르는 때가 나에게는 행복하였다

수십 년 혹은 백 년 전부터 살아온 나무들, 천둥처럼 하늘로 솟아오른 나무들

뭉긋이 앉은 그 나무들의 울울창창한 고요를 나는 미륵들의 미소라 불렀다

한 걸음의 말도 내놓지 않고 오롯하게 큰 침묵인 그 미륵들이 잔혹한 말들의 세월을 견디게 하였다

13

빈집의 약속

그러나 전나무 숲이 들어앉았다 나가면 그뿐, 마음은 늘 빈집 이어서

마음 안의 그 둥그런 고요가 다른 것으로 메워졌다

대나무가 열매를 맺지 않듯 마음이란 그냥 풍경을 들어앉히는 착한 사진사 같은 것

그것이 빈집의 약속 같은 것이었다

1. 마음은 빈집 같아서 어떤 때는 독사가 살고 어떤 때는 청보리밭 너른 들이 살았다

2. | 볕 | 이 | | 보 | 고 | | 싶 | 은 | | 날 | 에 | 는 | | | | | | | | | | | | |
| --- | --- | --- | --- | --- | --- | --- | --- | --- | --- | --- | --- | --- | --- | --- | --- | --- | --- | --- | --- | --- | --- | --- | --- |
| | | | | | | | | | | | | | | | | | | | | | | | |

3. 어느 날에는 늦눈보라가 몰아쳐 마음이 서럽기도 하였다

4. | | | | | | | | | | | | | | | | | | | | | | | | |
| --- | --- | --- | --- | --- | --- | --- | --- | --- | --- | --- | --- | --- | --- | --- | --- | --- | --- | --- | --- | --- | --- | --- | --- |
| | | | | | | | | | | | | | | | | | | | | | | | |

5. 그러나 하릴없이 전나무 숲이 들어와 머무르는 때가 나에게는 행복하였다

6.																								

7. 뭉긋이 앉은 그 나무들의 울울창창한 고요를 나는 미륵들의 미소라 불렀다

8. | | | | | | | | | | | | | | | | | | | | | | | | |
| --- | --- | --- | --- | --- | --- | --- | --- | --- | --- | --- | --- | --- | --- | --- | --- | --- | --- | --- | --- | --- | --- | --- | --- |
| | | | | | | | | | | | | | | | | | | | | | | | |
| | | | | | | | | | | | | | | | | | | | | | | | |

9. 그러나 전나무 숲이 들어앉았다 나가면 그뿐, 마음은 늘 빈집 이어서

10. | | | | | | | | | | | | | | | | | | | | | | | | |
| --- | --- | --- | --- | --- | --- | --- | --- | --- | --- | --- | --- | --- | --- | --- | --- | --- | --- | --- | --- | --- | --- | --- | --- |
| | | | | | | | | | | | | | | | | | | | | | | | |

11. 대나무가 열매를 맺지 않듯 마음이란 그냥 풍경을 들어앉히는 착한 사진사 같은 것

12. | | | | | | | | | | | | | | | | | | | | | | | | |
| --- | --- | --- | --- | --- | --- | --- | --- | --- | --- | --- | --- | --- | --- | --- | --- | --- | --- | --- | --- | --- | --- | --- | --- |

1.

마	음	은		빈	집		같	아	서														

2. 볕이 보고 싶은 날에는 개심사 심검당 볕 내리는 고운 마루가 들어와 살기도 하였다

3.

4. 겨울 방이 방 한 켠에 묵은 메주를 매달아 두듯 마음에 봄가을 없이 풍경들이 들어와 살았다

5.

6. 수십 년 혹은 백 년 전부터 살아온 나무들, 천둥처럼 하늘로 솟아오른 나무들

7.

8. 한 걸음의 말도 내놓지 않고 오롯하게 큰 침묵인 그 미륵들이 잔혹한 말들의 세월을 견디게 하였다

9.

10. 마음 안의 그 둥그런 고요가 다른 것으로 메워졌다

11.

12. 그것이 빈집의 약속 같은 것이었다

1. 마음은
2. 볕이
3. 어느 날에는
4. 겨울 방이

5. 그러나
6. 수십 년
7. 뭉긋이
8. 한 걸음의
9. 그러나 전나무
10. 마음 안의
11. 대나무가
12. 그것이

13

빈집의 약속

01 너를 기다리는 동안

황지우

네가 오기로 한 그 자리에
내가 미리 가 너를 기다리는 동안
다가오는 모든 발자국은
내 가슴에 쿵쿵거린다
바스락거리는 나뭇잎 하나도 다 내게 온다
기다려본 적이 있는 사람은 안다
세상에서 기다리는 일처럼 가슴 애리는 일 있을까
네가 오기로 한 그 자리, 내가 미리 와 있는 이곳에서
문을 열고 들어오는 모든 사람이
너였다가
너였다가, 너일 것이었다가
다시 문이 닫힌다

02 사평역에서

곽재구

막차는 좀처럼 오지 않았다
대합실 밖에는 밤새 송이눈이 쌓이고
흰 보라 수수꽃 눈시린 유리창마다
톱밥난로가 지펴지고 있었다
그믐처럼 몇은 졸고
몇은 감기에 쿨럭이고
그리웠던 순간들을 생각하며 나는
한줌의 톱밥을 불빛 속에 던져 주었다
내면 깊숙이 할 말들은 가득해도
청색의 손바닥을 불빛 속에 적셔 두고
모두들 아무 말도 하지 않았다
산다는 것이 때론 술에 취한 듯
한 두름의 굴비 한 광주리의 사과를

03 어느 대나무의 고백

복효근

늘 푸르다는 것 하나로
내게서 대쪽 같은 선비의 풍모를 읽고 가지만
내 몸 가득 칸칸이 들어찬 어둠 속에
터질 듯한 공허와 회의를 아는가

고백컨대
나는 참새 한 마리의 무게로도 휘청댄다
흰 눈 속에서도 하늘 찌르는 기개를 운운하지만
바람이라도 거세게 불라치면
허리뼈가 뻐개지도록 휜다 흔들린다

제 때에 이냥 베어져서
난세의 죽창이 되어 피 흘리거나
태평성대 향기로운 대피리가 되는,
정수리 깨치고 서늘하게 울려 퍼지는 장군죽비
하다못해 세상의 종아리를 후려치는 회초리의 꿈마저

04 저 거리의 암자

신달자

어둠 깊어 가는 수서역 부근에는
트럭 한 대분의 하루 노동을 벗기 위해
포장마차에 몸을 싣는 사람들이 있습니다

주인과 손님이 함께
야간 여행을 떠납니다

밤에서 밤까지 주황색 마차는
잡다한 번뇌를 싣고 내리고
구슬픈 노래를 잔마다 채우고
벗된 농담도 잔으로 나누기도 합니다

속풀이 국물이 짜글짜글 냄비에서 끓고 있습니다
거리의 어둠이 짙을수록
진탕으로 술화가 짙은 사내들이
해고된 직장을 마시고 단칸방의 갈증을 마십니다

만지작거리며 귀향하는 기분으로
침묵해야 한다는 것을
모두들 알고 있었다
오래 앓은 기침 소리와
쓴 약 같은 입술담배 연기 속에서
싸륵싸륵 눈꽃은 쌓이고
그래 지금은 모두들
눈꽃의 화음에 귀를 적신다
자정 넘으면
낯설음도 뼈아픔도 다 설원인데
단풍잎 같은 몇 잎의 차창을 달고
밤열차는 또 어디로 흘러가는지
그리웠던 순간들을 호명하며 나는
한줌의 눈물을 불빛 속에 던져 주었다.

사랑하는 이여
오지 않는 너를 기다리며
마침내 나는 너에게 간다
아주 먼 데서 나는 너에게 가고
아주 오랜 세월을 다하여 너는 지금 오고 있다
아주 먼 데서 지금도 천천히 오고 있는 너를…
너를 기다리는 동안 나도 가고 있다
남들이 열고 들어오는 문을 통해
내 가슴에 쿵쿵거리는 모든 발자국 따라
너를 기다리는 동안 나는 너에게 가고 있다.

젓가락으로 집던 산낙지가 꿈틀 상 위에 떨어져
온몸으로 문자를 쓰지만 아무도 읽어내지 못합니다
답답한 것이 산낙지 뿐입니까
어쩌다 생의 절반을 속임수에 팔아 버린 여자도
서울을 통채로 마시다가 속이 뒤집혀 욕을 게워냅니다

비워진 소주병이 놓인 플라스틱 작은 상이 휘청거립니다
마음도 다리도 휘청거리는 밤거리에서
조금씩 비워지는
잘익은 감빛 포장마차는 한 채의 묵직한 암자입니다

새벽이 오면
포장마차 주인은 밤새 지은 암자를 거둬 냅니다

손님이나 주인 모두 하룻밤의 수행이 끝났습니다
잠을 설치며 속을 졸이던 대모산의 조바심도 가라앉기
시작합니다
거리의 암자를 가슴으로 옮기는 데
속을 쓸어내리는 하룻밤이 걸렸습니다

금강경 한 페이지가 겨우 넘어 갑니다

꿈마저 꾸지 않는 것은 아니나
흉흉하게 들려오는 세상의 바람소리에
어둠 속에서 먼저 떨었던 것이다

아아, 고백하건대
그놈의 꿈들 때문에 서글픈 나는
생의 맨 끄트머리에나 있다고 하는 그 꽃을 위하여
시들지도 못하고 휘청, 흔들리며, 떨며 다만,
하늘 우러러 견디고 서 있는 것이다

05 내가 사랑하는 당신은

도종환

저녁숲에 내리는 황금빛 노을이기보다는
구름 사이에 뜬 별이었음 좋겠어
내가 사랑하는 당신은
버드나무 실가지 가볍게 딛으며 오르는 만월이기보다는
동짓달 스무날 빈 논길을 쓰다듬는 달빛이었음 싶어.

꽃분에 가꾼 국화의 우아함 보다는
해가 뜨고 지는 일에 고개를 끄덕일 줄 아는
구절초이었음 해.
내가 사랑하는 당신이 꽃이라면
꽃 피우는 일이 곧 살아가는 일인
콩꽃 팥꽃이었음 좋겠어.

06 작은 이름 하나라도

이기철

이 세상 작은 이름 하나라도
마음 끝에 닿으면 등불이 된다
아플 만큼 아파 본 사람만이
망각과 폐허도 가꿀 줄 안다

내 한 때 너무 멀어서 못 만난 허무
너무 낯설어 가까이 못 간 이념도
이제는 푸성귀 잎에 내리는 이슬처럼
불빛에 씻어 손바닥 위에 얹는다

세상은 적이 아니라고
고통도 쓰다듬으며 보석이 된다고
나는 얼마나 오래 악보 없는 노래를 불러왔던가

07 슬픔이 기쁨에게

정호승

나는 이제 너에게도 슬픔을 주겠다.
사랑보다 소중한 슬픔을 주겠다.
겨울밤 거리에서 귤 몇 개 놓고
살아온 추위와 떨고 있는 할머니에게
귤값을 깎으면서 기뻐하던 너를 위하여
나는 슬픔의 평등한 얼굴을 보여 주겠다.
내가 어둠 속에서 너를 부를 때
단 한 번도 평등하게 웃어 주질 않은,
가마니에 덮인 동사자가 다시 얼어 죽을 때
가마니 한 장조차 덮어 주지 않은

08 상한 영혼을 위하여

고정희

상한 갈대라도 하늘 아래선
한 계절 넉넉히 흔들리거니
뿌리 깊으면야
밑둥 잘리어도 새순은 돋거니
충분히 흔들리자 상한 영혼이여
충분히 흔들리며 고통에게로 가자

뿌리 없이 흔들리는 부평초 잎이라도
물 고이면 꽃은 피거니
이 세상 어디서나 개울은 흐르고
이 세상 어디서나 등불은 켜지듯
가자 고통이여 살 맞대고 가자

이 세상 가장 여린 것, 가장 작은 것
이름만 불러도 눈물겨운 것
그들이 내친구라고
나는 얼마나 오래 여린말로 노래했던가

내 걸어갈 동안은 세상은 나의 벗
내 수첩에 기록되어 있는 모음이 아름다운 사람의 이름들
그들 위해 나는 오늘도 한 술 밥, 한 쌍 수저
식탁 위에 올린다

잊혀지면 안식이 되고
마음 끝에 닿으면 등불이 되는
이 세상 작은 이름 하나를 위해
내 쌀 씻어 놀 같은 저녁밥 지으며

이 세상의 어느 한 계절 화사히 피었다
시들면 자취 없는 사랑 말고
저무는 들녘일수록 더욱 은은히 아름다운
억새풀처럼 늙어갈 순 없을까
바람 많은 가을 강가에 서로 어깨를 기댄 채

우리 서로 물이 되어 흐른다면
바위를 깎거나 갯벌 허무는 밀물 썰물보다는
물오리떼 쉬어가는 저녁 강물이었음 좋겠어
이렇게 손을 잡고 한세상을 흐르는 동안
갈대가 하늘로 크고 먼바다에 이르는 강물이었음 좋겠어.

외롭기로 작정하면 어딘들 못 가랴
가기로 목숨 걸면 지는 해가 문제랴

고통과 설움의 땅 훨훨 지나서
뿌리 깊은 벌판에 서자
두 팔로 막아도 바람은 불듯
영원한 눈물이란 없느니라
영원한 비탄이란 없느니라
캄캄한 밤이라도 하늘 아래선
마주 잡을 손 하나 오고 있거니

무관심한 너의 사랑을 위해
흘릴 줄 모르는 너의 눈물을 위해
나는 이제 너에게도 기다림을 주겠다.
이 세상에 내리던 함박눈을 멈추겠다.
보리밭에 내리던 봄눈들을 데리고
추워 떠는 사람들의 슬픔에게 다녀와서
눈 그친 눈길을 너와 함께 걷겠다.
슬픔의 힘에 대한 이야길 하며
기다림의 슬픔까지 걸어가겠다.

09 쉽게 씌어진 시

윤동주

창밖에 밤비가 속살거려
육첩방(六疊房)은 남의 나라,

시인이란 슬픈 천명(天命)인 줄 알면서도
한 줄 시를 적어 볼까,

땀내와 사랑내 포근히 품긴
보내 주신 학비 봉투를 받아

대학 노-트를 끼고
늙은 교수의 강의 들으러 간다.

생각해 보면 어린 때 동무들
하나, 둘, 죄다 잃어 버리고
나는 무얼 바라
나는 다만, 홀로 침전(沈澱)하는 것일까?

10 나와 나타샤와 흰 당나귀

백석

가난한 내가

아름다운 나타샤를 사랑해서

오늘밤은 푹푹 눈이 나린다

나타샤를 사랑은 하고

눈은 푹푹 날리고

나는 혼자 쓸쓸히 앉어 소주(燒酒)를 마신다

소주(燒酒)를 마시며 생각한다

나타샤와 나는

눈이 푹푹 쌓이는 밤 흰 당나귀 타고

산골로 가자 출출이 우는 깊은 산골로 가 마가리에 살자

11 육탁(肉鐸)

배한봉

새벽 어판장 어선에서 막 쏟아낸 고기들이 파닥파닥
바닥을 치고 있다
육탁(肉鐸) 같다
더 이상 칠 것 없어도 결코 치고 싶지 않은 생의 바다
생애에서 제일 센 힘은 바닥을 칠 때 나온다
나도 한 때 바닥을 친 뒤 바닥보다 더 깊고 어둔 바다
을 만난 적이 있다
육탁을 치는 힘으로 살지 못했다는 것을 바닥 치면서
알았다
도다리 광어 우럭들도 바다가 다 제 세상이었던 때 있
었을 것이다
내가 무덤 속 같은 검은 비닐봉지의 입을 열자
고기 눈 속으로 어판장 알전구 빛이 심해처럼 캄캄하
게 스며들었다

12 산양

이건청

아버지의 등뒤에 벼랑이 보인다

아니 아버지는 안 보이고 벼랑만 보인다

요즘엔 선연히 보인다.

옛날, 나는 아버지가 산인 줄 알았다.

차령산맥이나 낭림산맥인 줄 알았다.

장대한 능선들 모두가 아버지인 줄만 알았다.

그때 나는 생각했었다.

푸른 이끼를 스쳐간 그 산의 물이 흐르고 흘러,

바다에 닿는 것이라고.

수평선에 해가 뜨고 하늘도 열리는 것이라고.

눈은 푹푹 나리고

나는 나타샤를 생각하고

나타샤가 아니올 리 없다

언제 벌써 내 속에 고조곤히 와 이야기한다

산골로 가는 것은 세상한테 지는 것이 아니다

세상 같은 건 더러워 버리는 것이다

눈은 푹푹 나리고

아름다운 나타샤는 나를 사랑하고

어데서 흰 당나귀도 오늘밤이 좋아서 응앙응앙 울 것이다

내 쌀 씻어 놀 같은 저녁밥 지으며

인생은 살기 어렵다는데
시가 이렇게 쉽게 씌어지는 것은
부끄러운 일이다.

육첩방(六疊房)은 남의 나라
창밖에 밤비가 속살거리는데,

등불을 밝혀 어둠을 조금 내몰고
시대처럼 올 아침을 기다리는 최후의 나,

나는 나에게 작은 손을 내밀어
눈물과 위안으로 잡는 최초의 악수.

그때 나는 뒷짐 지고 아버지 뒤를 따라갔었다.

아버지가 아들인 내가 밟아야 할 비탈들을 앞장서 가시면서

당신 몸으로 끌어안아 들이고 있는 걸 몰랐다.

아들의 비탈들을 모두 끌어안은 채,

까마득한 벼랑으로 쫓기고 계신 걸 나는 몰랐었다.

나 이제 늙은 짐승 되어 힘겨운 벼랑에 서서 뒤돌아보니

뒷짐 지고 내 뒤를 따르는 낯익은 얼굴 하나 보인다.

아버지의 이름으로 쫓기고 쫓겨 까마득한 벼랑으로 접

어드는

내 뒤에 또 한 마리 산양이 보인다.

겨우겨우 벼랑 하나 발 딛고 선 내 뒤를 따르는

초식동물 한 마리가 보인다.

아직도 바다 냄새 싱싱한,
공포 앞에서도 아니 죽어서도 닫을 수 없는 작고 둥근 창문은
늘 열려있어서 눈물 고일 시간도 없었으리라
고이지 못한 그 시간들이 염분을 풀어 바닷물을 저토록
짜게 만들었으리라
누군가를 오래 기다린 사람의 집 창문도 저렇게 늘 열려
서 불빛을 흘릴 것이다
지하도에서 역 대합실에서 칠 바닥도 없이 하얗게 소금
에 절이는 악몽을 꾸다 잠깬
그의 작고 둥근 창문도 소금보다 눈부신 그 불빛 그리워
할 것이다
집에 도착하면 캄캄한 방문을 열고
나보다 손에 들린 검은 비닐봉지부터 마중할 새끼들 같
은, 새끼들 눈빛 같은

13 빈집의 약속

문태준

마음은 빈집 같아서 어떤 때는 독사가 살고 어떤 때는
청보리밭 너른 들이 살았다
볕이 보고 싶은 날에는 개심사 심검당 볕 내리는 고운
마루가 들어와 살기도 하였다
어느 날에는 늦눈보라가 몰아쳐 마음이 서럽기도 하였다
겨울 방이 방 한 켠에 묵은 메주를 매달아 두듯 마음
에 봄가을 없이 풍경들이 들어와 살았다

그러나 하릴없이 전나무 숲이 들어와 머무르는 때가
나에게는 행복하였다
수십 년 혹은 백 년 전부터 살아온 나무들, 천둥처럼
하늘로 솟아오른 나무들
뭉긋이 앉은 그 나무들의 울울창창한 고요를 나는 미
륵들의 미소라 불렀다

한 걸음의 말도 내놓지 않고 오롯하게 큰 침묵인 그 미
륵들이 잔혹한 말들의 세월을 견디게 하였다
그러나 전나무 숲이 들어앉았다 나가면 그뿐, 마음은 늘
빈집 이어서
마음 안의 그 둥그런 고요가 다른 것으로 메워졌다
대나무가 열매를 맺지 않듯 마음이란 그냥 풍경을 들어
앉히는 착한 사진사 같은 것
그것이 빈집의 약속 같은 것이었다
눈물과 위안으로 잡는 최초의 악수.